梦的花嫁

〔日〕岩井俊二 著 张苓 译

南海出版公司

新经典文化股份有限公司
www.readinglife.com
出　品

这是心灵善良的鬼的家。

谁都可以随便进来。

这里有好吃的点心。

还泡好了热腾腾的茶。

滨田广介《哭泣的赤鬼》

目 录
Contents

第一章　Clammbon

七海一直有个无法对别人述说的疑问。

男女之间有一道横线。一道不知何时就不得不跨越的线。可是，一个人究竟该如何跨越这道线呢？

这道线的前哨战，应该是牵手和亲吻之类的吧。这一点倒是可以理解，在电影和电视里是理所当然的光景。接下来是赤裸着身体紧紧相拥，从这儿开始就有点难以想象了。然后是被夺走处女之身，做爱，这几乎是不可能的事吧。电影和电视里有时会出现这样的镜头，可是也会出现杀人的镜头。在她看来，杀人是不可能的，在男人面前赤裸着身体也做不到。说实话，在女人面前赤裸身体也让人讨厌。她连温泉和公共浴场也很少去，至少要穿着泳衣进去。她觉得这样的女人应该不仅仅只有自己一个，那么她们该如何跨越男女之间的那道线呢？会被男人强迫着脱去衣服？这也无法接受。不过，男人比女人强壮，会凭借力量夺走对方的贞洁吧？这就是所谓的强奸？

跨越男女间那道横线的瞬间，两个人之间究竟发生了什么？这一点并不清楚。不过，正因为跨越了横线，人类才能生儿育女，绵延后代。随即又产生了另外一个疑问：那样大的婴儿究竟是如何生出来的呢？生育时的那种疼痛，人又是如何忍受下来的呢？

　　由于这些原因，七海在二十二年间一直是处女，过着与恋爱无缘的人生。但是，大学毕业终于走上社会后，她不禁开始感到焦虑。不管怎么说，都二十二岁了，在男女交往方面的经验还是零，多少有点不同寻常。

　　有一天，她在一个名叫"Planet"的小型社交网站上看到一则消息，该网站开发了"爱活"的新功能。"Planet"是七海喜欢的一个网站，经常上去看看。这大概是有了相亲网站那样的功能吧。七海从来没有上过相亲网站，但既然自己常用的"Planet"有了新功能，倒也没有任何抵触感。不需要注册另外的账户，登录也很方便。

　　申请进入"爱活"功能，首先跳出来的是"恋活篇"和"婚活篇"两个版块的选项。七海选择了"婚活篇"。对没有恋爱经历的七海来说，结婚是遥不可及的梦，不过"恋活篇"在她的印象中，会有很多玩世不恭的人，所以她选择了看上去更踏实的一项。大概对于认真寻找结婚对象的人来说，七海也是那种玩世不恭的网友。

　　网站要求男性会员实名登录，女性会员则可以匿名，建议上传本人的侧面照片。七海将本名"皆川七海"做了点修改，以"七川皆海"的用户名登录，瞬间收到了许多陌生男人的联系信息。她从中挑选了一位看起来能合得来的，试着回复了一下。

他叫鹤冈铁也，是一所大学附属中学的数学老师。七海不知不觉中选择了一位和自己职业相同的人。

在网上来来回回交谈了几次，两人决定去池袋约会。但是，铁也好像迷路了，时间到了，也不见他出现在约定的地方。

铁也给七海发了短信。

@ 鹤冈铁也
我现在正挥着手！看到了吗？

七海看了看四周，没有找到像他说的那样的人。星期天的商业街非常拥挤。七海也给铁也发了一条短信。

@ 七川皆海
我现在站在邮筒前面。

七海试着挥了挥手。突然有人从背后拍了拍她的肩膀。转过身一看，是一位脸上带着爽朗笑容的男人。他说出了七海在"婚活篇"中的用户名。

"你是'七川皆海'？"

"啊，是的……那个，你好。"

七海点点头。她感到一丝困惑，脸上浮现出僵硬的笑容，再次确认了一下男人的外貌。他的容貌比七海预想得好多了，个子很高，打扮得清清爽爽。

"我姓鹤冈。对不起，我来得太早了，想在周围晃晃消磨一下时间，没想到反而迷路了。真是急得不行。不过总算绕回来了。那边有家感觉还不错的咖啡馆。要不去那儿坐坐？"

"啊，好。"

两个人穿过熙熙攘攘的人群，向咖啡馆走去。七海走在个子高高的男人身后。仅仅只是这样走着，心就在扑通扑通地跳，涌起一股雀跃之感：啊，难道这就是恋人之间的距离感吗？

他选择的咖啡馆的确品位不错，而且价格不贵，坐在里面感觉很舒服。两个人从相互的职业开始聊起来。

"要当上大学附属中学的老师很难吧？"

"嗯，是啊。中间有段时间离开学校，去大学当了几年研究员。你也是这样吧？我记得你也是教师。"

"是的。"

"是中学老师吗？"

"是，我是私立中学的兼课老师，属于派遣教师。"

派遣教师属于派遣员工的一种。七海在圣林中学上班，不过是一家名叫"High Score"的公司的雇员，工资也从这家公司领取。

"哎，老师中也有派遣的？以前都不知道。"

"公立学校里没有吗？"

"从来没有听说过。这世上有各种各样的服务啊。"

"要求非常严格。以后会怎么样也不太清楚……"

"孩子越来越少了呀。"

"是啊。"

话题渐渐向兴趣方面转移。铁也的话非常难懂，什么稀疏矩阵，什么黄金分割数列，什么蒙德极小期，全都是七海难以理解的内容。不过，听着铁也如此这般地讲述着自己不了解的世界，七海感受到一种近似遇见未来人的文化冲击。总之，她觉得这是恋爱的一种。

分手时，七海对他说出了自己的本名。

"'七川皆海'只是注册的昵称，我真正的名字叫'皆川七海'。"

"啊，原来不是七川皆海，而是皆海七川……七川？"

"皆川七海。"

"皆川七海？"

"是的。"

七海在手账上写下自己的名字，撕下那一页递给他。

"原来叫皆川七海啊。七个海洋。你是冒险家吧。"

"怎么可能。"

"一定过着异想天开的人生吧？"

"才不需要那样的人生呢。"

"你告诉了我本名，是不是意味着我以后可以再约你出来？"

"嗯……是的。"

就这样，两个人开始了交往。

铁也告诉七海，他在"Planet"上另有一个账号"Iron crane"。他说自己平时更常用那个账号。铁的起重机，多么沉重的名字，七海不由得这样想。

"Crane 不是工地上那种起重机，是鹤的意思。英语中 crane 的词源原本就是鹤，好像鹤一样的形状，所以起重机才叫 crane。"

"铁的鹤。为什么要用鹤这个词儿？"

"那是我的名字啊，因为我姓鹤冈。"

七海并非忘记了他的名字，而是根本没有把他的名字和这个词联想到一起。气氛稍微有点尴尬。

"七海，你没有账号吗？平时经常使用的账号？"

"呃？"

"'七川皆海'是在'爱活'上用的账号吧，不是吗？"

"是的。不过我平时一般就用'皆川七海'。"

"用本名？"

"是的。"

七海撒谎了。其实她还有个匿名账号"Clammbon"。但有些留言她不想让铁也看到，所以不能说。即便把本名告诉了对方，也有不能说的名字。

这就是名讳。据说，古代有身份的人在生活中会隐去本名，使用假名。这种隐去的本名就称作讳。七海想起了这样的说法。

铁也通过搜索找到了七海的账号，发送了好友请求。Iron crane 出现在七海的朋友名单上。点击"接受"后，铁也发了一个图像表情代替问候。

"白犬，好久不见啦！"

白犬是《白色动物系列》的早期表情包，没想到现在还有人使用。七海没有使用她喜欢的表情包，而是挑了"白猫"回复过去。

"你也有这个？真是志趣相投啊。"

铁也非常开心。七海不由得苦笑。这样一点小事就能让人产生好感，但这种事要多少有多少吧。

七海回到家后，许久不能从亢奋的心情中平静下来。她不禁在"婚活篇"的记事板上写下了这样一番留言。

@七川皆海
好开心！有生以来第一次有了男朋友！花了很长时间啊！

一瞬间，后面冒出了五十多个点赞。祝福的留言也很多。七海挨个回复"谢谢"。

@七川皆海
有了男朋友，只是将这喜悦的心情写出来，上传到这里，就得到了这么多点赞，想必再也没有比这更幸福的事情了！

后面又是一串点赞。"婚活篇"里刮起了一阵祝福之风。这一切让她奇妙地感觉到一种虚假，连自己的留言都显得那么假。

七海有些厌倦了，退出"婚活篇"，用"Clammbon"的用户名重新登录。这是没有告诉铁也的"名讳"。

@Clammbon
在相亲网站上交了一个男朋友。

怎么说呢，简简单单地就到手了。

就像在网上购物，简简单单地点击一下就行了。

这样相遇，真的可以吗？

想必对他来说，我也是简简单单就到手的女人吧。

Clammbon 是从宫泽贤治的童话《山梨》中借用而来，七海在心中，将这个昵称设定为一个戴着黑边眼镜的文学少女形象。她是七海内心真实想法的分身。Clammbon 的追随者不少，帖子刚上传，跟帖就一个个冒了出来。

@viod

反正这是个看不见彼此的虚幻世界。

电源没了，网络也就不存在了。

在这种地方，还有什么真实。

@ Costa 利香

这样想多寂寞啊。

看了这个，好像今天一整天的辛苦都白费了。

Costa 利香说的"这个"，是指自己的帖子呢，还是 viod 的跟帖？或者是指的两者？不管是哪个，反正由于 Costa 利香的留言，七海也觉得今天一整天的辛苦都白费了。

@void

每个人都是生到这个世界上来的，

我也是因为出生，现在才在这里。

但是，一个人出生的经历只有一次。

将来我会死，

那也绝对只有一次。

没有人会结十次二十次婚。

这世上到处可以听见这样那样的恋爱故事，

不过，按照人生的标尺来看，

命中注定的相遇其实屈指可数。

我们就是凭这极少的相遇，找到伴侣，

从此相依相伴。

的确如 viod 所说，仅仅活了二十多岁的自己，不可能这样轻易地拥有命中注定的相遇。根本没有必要焦虑。自己太焦虑了，明明知道根本没有必要。

好像不小心做了什么不该做的事情，七海心中涌上一阵罪恶感，让她苦恼万分。

但是，一切都晚了。从网络的海洋中钓起来的鱼是真正的肉食系男子。男女间的那道线轻轻松松地、非常简单地就跨越了过去。那么粗暴，那么难以抵抗。

长期搁置的谜底解开了，七海就这样失去了处女之身，成了女人。

第二章　花卷

皆川七海，一九九二年四月一日出生。

四月一日出生的人，在民法上属于早出生的人[1]。七海跨入二十岁，正是在过完了十九岁的三月三十一日深夜十二点整，也就是四月一日的零点整。但是，据说在法律上，三月三十一日晚间十二点整与四月一日零点整是不一样的。按照这种解释，七海刚满二十岁时是三月三十一日晚间十二点整，而不是四月一日零点整，因此她就成了早出生的人。

七海心想，知道这复杂规定的，说不定只有像自己这样在四月一日出生的人了。而且，这一天还是愚人节，一个谁都可以说谎的特别日子。当然可以有这样的日子，但一想到这样的日子竟然是自己的生日，就不觉得有什么可珍惜的。不管怎样，因为这

---

[1] 日本《民法》规定，年龄增加一岁，以生日前夜 12 点为计算节点；《学校教育法》规定，小学一年级招生对象为学年启始日 4 月 1 日当天年满 6 周岁的儿童，即 1 月 1 日至 4 月 1 日出生的人会比 4 月 2 日至 12 月 31 日出生的人早一年入学，故被称为"早出生的人"。

个原因，七海从幼儿园时代起就一直是班里年龄最小的孩子。回顾自身经历，她觉得自己畏缩消极的性格说不定就是这个原因导致的。

七海的出生地是岩手县花卷市上诹访。

在小学毕业作文集中，她写了一篇题为《未来的梦想》的作文。

"我未来的梦想是成为一名老师。我想成为守谷班主任那样的老师。守谷老师周六日休息，还有春假、暑假和寒假。又没有作业，有许多时间和孩子们一起玩耍。不会说什么挣钱的事情，也从来不喝醉酒很晚回家。他总是笑眯眯的，总是神采奕奕，是位和蔼可亲的老师。他教会了我们许多事情，总是为我们着想。虽然有时候有点可怕，不过他也是为了我们好，才严厉批评我们的。毕业典礼越来越近了，可我不想和守谷老师分开，想一直和老师在一起。将来我也要成为守谷老师那样的老师。"

守谷老师是位年轻的美男子，也是七海的初恋。七海写的《未来的梦想》就是爱的告白。毕业典礼那一天，她接过守谷老师最后一次递来的通信簿时，老师说了一句"要做个好老师呀"。那是七海人生中最珍贵的回忆。

从那以后，七海的梦想就定格在了当老师上。

父亲博德经营着几家连锁牛排店，名叫"炙牛"。他继承了祖父的事业，是第二代店主。然而，七海上高三时，家里的店铺发生了食物中毒事件，面临存亡的危机。原本安稳的家庭也从那一天开始突然风雨飘摇起来。父亲四处求告借钱，亲戚朋友却都躲得远远的。有时债主追到家里大声叫嚷。父亲原本不怎么喝酒，慢慢地却在大中午就喝起了烧酒。身为第一代店主的祖父实在看不下去，在一个深夜赶了过来。

"不能再消沉下去了。你不觉得害臊吗？不过是买卖嘛，总会有起有落的。"祖父低声说。

"我说，"父亲也低声反驳，"客人们是不相干的人。不能给别人添麻烦。这可是爸爸您说过的话。我啊，这次给别人添了很大的麻烦。不能再消沉了。说是这么说，可还是会消沉的。"

两个人一直聊到天亮。这样的夜晚持续了一段时间。在祖父的帮助下，父亲卖掉了连锁的分店，想方设法保住了总店。

就在父亲从零开始准备重新起步的紧要关头，有一天，母亲晴海不见了踪影。父亲他们很担心，甚至商量着要不要去警察局报案。这时，七海收到了母亲发来的短信。

"我在长野。"

前不久离职的"炙牛"分店长正是长野人，母亲好像是直接去了那个人身边，开始和他一起生活了。

"她这是私奔了。"父亲低声说，"我被抛弃了。只剩下我一个人了。七海，你也一样。"

我也被抛弃了吗？七海的大脑中一片空白。

"我早就知道会这样。"

"什么？"七海问道。

"早就知道会这样，结婚前就知道。"祖母嘟囔着回答。

"别在孩子面前说。"父亲压低了声音。但祖母并没有停下来。

"说什么是第一次结婚，肚皮上明明有生过孩子的斑痕。"

"别说了！"

"幸好没带孩子过来。要不然七海不就得有个哥哥姐姐了吗？一开始不知道底细啊。那女人就是狐狸精。她一跨进我们家门槛，就让我不舒服。"

"会不会是她在店里撒了什么病毒？"祖父嘀咕了一句。

这个崩坏的家庭到底是怎么了？表面上装出一家人的样子，其实从一开始就问题重重？七海缩进房间里。她伏在床上，哭个不停，结果引发了过度呼吸症。悲伤和痛苦使她无法呼吸，好像就要死了。

从那以后，七海专心学习。不专注于一件事情，自己好像就要崩溃了。不管怎样，要从这个小镇逃出去。她一心这么想着。这个偏差值曾经在五十以下的女孩成绩直线上升，考上了当初心中遥不可及的大学——不是当地的大学。

东京八王子市。

校园非常美丽，春天樱花盛开，夏天翠绿一片。和花卷没什么区别的风景让人心安，很容易生活下去。七海的住所是三鹰的大型房地产公司经营的旧学生宿舍。里面的住客主要是东京市内的学生，七海他们大学的学生一个都没有。房租两万五千日元，在这一带算是比较便宜的，但七海过了很久才意识到，算上交通费，其实和住大学附近公寓的开销差不多。不过，坐电车上学也不坏，可以省出看书的时间。父亲每月汇来五万日元生活费。奖学金也有五万日元。周末她还会去宿舍附近的家庭餐厅打打工。半学期交一次的学费和一月一次的汇款，父亲都分毫不少，准时汇过来，有时还会给些零花钱。寒假和暑假前，账户上还会多出一大笔交通费，就算坐新干线回老家都足够了。七海问过父亲，经济上没关系吗？虽说生意多少缓过来了，不过经营困难的局面应该并没有得到改善。

大学二年级的暑假，七海回了趟老家。上了年纪的钟点工小坪长年在"炙牛"工作，中午和晚上都来家里帮忙做饭。虽然觉得有些过头，不过想到乡下大妈爱多管闲事的性格，自己也怀念家乡菜的味道，七海就开开心心地接受了。

"你爸爸可真疼你啊，总是担心你的生活。汇款一次都没少过吧？他经常说，要是汇得少了，万一她跑去风俗店，怎么受得了。"

七海心中不禁一阵阵发冷。

风俗店！竟然有这种想法？这是父亲对女儿该有的看法？

那天晚上，父亲回到家时，家里已经没有七海的身影。因为不想和父亲见面，女儿已经搭乘傍晚的新干线回去了。原计划在老家待一个月的暑假，成了仅仅只有一晚的旅行。在新干线的车厢中，七海哭了。父亲的话让她受到了打击，但更让她气不过的是小坪。小坪介入父女之间，言语间流露出深知父亲心情的样子，那厚颜无耻的神态让七海非常生气。此后有段时间，她不愿和父亲说话，对父亲的来信也视而不见。

大学三年级的秋天，有一天，父亲也赶时髦，给七海发来短信。

"Ruji 了。"

看着短信中显示的"Ruji"，七海一时无法理解究竟是什么意思。当"入籍"这个词浮现在心中时，七海感到自己珍惜的一切都在眼前崩塌了，全身抖个不停，连话都说不出来。想起小坪做的那些味噌汤和腌菜的味道，她就一阵阵反胃，在洗手间里吐了。

犹如身上里里外外的衣物都被剥去，被驱赶到荒野中一般；又像小草被连根拔起扔在柏油路上，连出生成长的地方都失去了，再也没有可以回去的地方。七海根本没有自信可以独自一人生存下去。不是生活和金钱的问题，对她来说，"皆川家"这个家消失了。这种失落感超乎想象地严重。

在那之后，她只回了两次老家。大学四年级夏天，祖母因胰脏癌离开人世，秋天，祖父又因脑梗塞过世。两次葬礼，母亲都没有出现。父亲身边的位置总是被小坪霸占着，女儿被安排在离他们十米开外的地方。来吊唁的宾客大多是老人。

七海眺望着祖父火化的浓烟从烟囱中缓缓升起，茫然地想，下一次回来的时候，想必该是父亲的葬礼了吧。

第三章　花音

@ Clammbon

如果以另一种方式相遇，
我们还会交往吗？
假如是在职场上相遇，
想必我们不会交往吧。
不，绝对不会。

假如两个人搭乘同一趟列车，进入同一节车厢，
或者是同一幢公寓的邻居……
如果以这样的方式相遇，
我们应该会交往吧？

要是被他知道我在写这些东西，我们肯定玩完了。
……这样或许更开心。

@ 染井吉野

现实生活中被搭讪，会感觉恶心，直接忽略。

而在网络上，却会毫无防备地和对方聊起来，这又是为什么呢？

@ Clammbon

染井吉野，谢谢你的留言。

就是因为在网上，才容易发展出恋爱啊。

@ 刺豚

早年有那些热心的大妈帮忙介绍，

带着相亲的照片跑到家里来。

热心的大妈们现在都到哪里去了？

@ Clammbon

刺豚，谢谢！

原来还有那样的时代啊。

或许我还是感觉相亲的方式更舒服吧。

    虽然和他开始了交往，Clammbon 还是继续按时上传着关于恋爱的牢骚。热衷这类话题的人很多，点赞的数量不断增加，受到认可的欲望得到满足，于是又继续写了上传。大概是得了发帖中毒症吧，但连浑浑噩噩过日子的她也开始考虑，该注销关于他的聊天记录了。

@Clammbon
稍微想撒点娇，他就露出厌烦的表情。
啊，他爱我吗，还是不爱我……
这里真的有爱情存在吗？

七海大学毕业那年，受到团块世代逐渐迎来退休高潮的影响，东京的学校中招聘不到教师的现象不断增多，地方上不停地举办面向希望当教师的人的招聘说明会。虽然没有轻视这一状况，但地方上来的竞争者是一批出乎意料的强敌，七海只能躲开招聘。不过，当老师是她从孩提时代就有的梦想，而且她也拿到了教师资格证，不想考虑其他的工作。

有一天，她从网上得知 High Score 这个派遣公司正在招募教师，就去接受培训，和公司签了约。过了一阵子，公司那边来了消息，给她安排了大田区马込的私立教会学校——圣林中学的工作。她负责初二的语文课程，一周三个班四节课，一节课三千日元，一个月十四万四千日元，这就是七海第一份工作的收入。四月开始的应届毕业生应聘活动终于尘埃落定，七海摆脱了求职无门的境遇。她搬出了学生宿舍，在学校附近的雪谷租了公寓。

High Score 公司负责和七海对接的江本要一非常亲切，常和她谈心，帮她出点子。也是他告诉七海，可以通过网络找到家庭教师的兼职。据他说，受欢迎的教师光凭兼职就可以生活下去。七海在江本推荐的家庭教师服务平台castanet上注册登录后，马上收到了好几个人的开课申请。她白天在圣林中学上课，晚上通过网络做家庭教师，总算可以谋生了。她也放下心来。她最初教着四个学生，不过平台上的人对教师的评价意想不到地严苛，学生一个接一个地换，不断地增增减减，等回过神来，只剩下鹿儿岛的一个女生了。那个女生一直待在家里，不愿上学。最初，在电脑屏幕的那一侧，她总是沉默着，不管问什么都没有回答。过了两个月，她终于开始称呼七海"老师"了。

"老师，作业做好了。"

仅仅是这样的回应，都让人开心得颤抖。那一瞬间，七海心底涌出"选择当老师这条路真好"的想法。

圣林中学那边，怎么说呢，工作不是那么一帆风顺。七海讲的课不算太好，这从学生们冷漠的反应中就能看出来。课堂上不断有人闲聊，吵闹声也很大，在隔壁教室上课的老师甚至会突然推开门，越过七海直接警告学生。这种时候，七海总觉得自己很无能，非常失落。

有一天，前辈三村老师对七海说了这么一番话。

"或许七海老师你没有注意到这一点。那些孩子正处于青春期，会从老师身上感受到女性的气息。这种事，口头禁止也没有用，男生会不自觉产生冲动，故意做出些让老师为难的行为来。女生也不是省油的灯，会唆使那些男生，让老师焦躁不安。再说你又是新来的老师，更是他们的攻击目标。这种情况是避免不了的。"

"那该怎么办才好呢？"

"唉，这是没办法的，只能别放在心上吧。"

三村说的这种酸酸甜甜的青春期的爱憎在校园中泛起了怎样的波澜，七海并不清楚，不过她能感受到，随着季节的推移，她和学生的关系日渐恶化。夏天过去，秋天也过去了，寒假结束的时候，学生们的反应冷淡到让站在讲台上的她都不禁怀疑，学生根本没把她当老师看。就在这样一个冬日里，初二三班的教室中发生了一件事。七海刚站上讲台，发现面前搁着一个无线话筒。讲台边上还有一个小型扩音器。她轻轻碰了下话筒的头，嘭的一声发出巨大的声音。开关是开着的。

"这是干什么？"七海问学生。

叫安田由佳的女生响亮地回答：

"老师，从今天开始，就用这个东西吧，因为我们听不见老师的声音。"

教室里响起一片哄笑声。很早就有学生时不时发牢骚，说坐在教室后面听不见七海的讲课声，只是七海并没有重视这件事，她认为自己讲课明明已经很用力了，顶多声音细一点。当时她以为仅仅是孩子们天真的恶作剧。难得学生们帮忙准备了，就当是个玩笑吧，七海拿起话筒开始讲课。第二天，别的班开始效仿着在讲台上搁话筒，恶作剧再这么继续激化下去就麻烦了，于是她谢绝了。

过了几天，七海接到通知，要去派遣公司总部一趟。公司的办公室在四谷。负责人江本要一说还有别的事情，会晚到三十分钟左右。夕阳斜射进来，会议室宛如审讯室，沉闷得让人喘不过气来。江本出现了，脸上还是一如既往的爽朗笑容。七海稍微安心了一些。

"让你久等啦，百忙之中还叫你过来，实在不好意思。"

"没事没事。"

"学校那边的工作怎么样？感觉还不错吧？"

"啊，还过得去。"

"圣林中学那边来联系，听说你在课堂上一直使用话筒，是真的吗？"

七海霎时脸色苍白。学校联系派遣公司投诉自己的失误，这还是第一次。即使只听到这一句话，她就坐立不安，感觉自己像个犯罪者。

"不是，不是一直使用，就用了一次。是学生们的玩笑，我当真了，就用了一次。后来年级主任老师也提醒了我……就一次。"

"老师在教室里使用话筒，这实在是太不恰当了。"

"对不起。我以后会注意的。"

"总之圣林中学那边下一学期的课没有拿到，工作就到这个学期为止。"

"啊……您是说我被辞退了？"

"嗯，圣林中学这件事的确有些遗憾。但也拜托你，你的声音太小，这对一个老师来说是致命伤啊。"

江本从文件夹中取出宣传册。

"这里有个短期集中讲座，要去听听吗？这个讲座特意邀请了浦泽和也老师，可以接受有关浦泽式教育方法的指导。课程费用是一次两万五千日元，一共六次课，报整套课程可以享受八折优惠……"

"啊，那个已经去听过了。"

"真的吗？抱歉。不过，再去听听怎么样？在讲台上讲过课后再去听听这课程，感觉会不一样的。"

感觉又丢脸又内疚，七海填了短期集中讲座的申请单，交了课程费用后，便离开了办公室。

在电车中摇晃着，她的头脑一直无法运转。问题在于主要的收入来源断了。雪谷的公寓每个月得交五万房租，她对教师工作还有留恋，好不容易取得的教师资格证也不想浪费，但是再不找点什么兼职，生活就维持不下去了。回家途中去超市转了一下，告示牌上贴着的招聘广告映入眼帘——派遣公司通知下一个教师工作之前，可以维持生活的兼职。是夜班，时薪为……

贫血引起一阵眩晕。再不找个地方坐下，就要摔倒了。可是身边没有可以坐的地方。七海只好两手空空地出了超市。小公园里的长椅拯救了她。她躺下去，深深地呼吸，总算是缓过来了。遛狗的行人一脸惊讶地从她身边经过，但她只能躺着不动。

她不断地深呼吸。

啊，怎么办？压力太大，撑不住了。

看了看手表，已经是傍晚六点四十五分。今天七点开始还有家教工作。她给鹿儿岛的女生发去短信，希望推迟三十分钟上课。学生没有回复。不过自己的短信栏里提示了"已读"，表示对方已经看到了。

四周黑了下来，不知为何反而有种明亮起来的感觉。或许是因为贫血逐渐得到恢复的缘故，也或许是因为眼睛适应了黑暗。七海从长椅上站起来，试着走了几步，应该没事了。她拿出手机看了下，七点多了。脚底下虽然打着颤，但总算是回到了公寓。七海打开冰箱喝了几口冰水。好想就这么躺下休息，但是不行。她打开笔记本电脑，通过视频通话连接上学生的账号。头发蓬乱的宅女冈本花音出现在屏幕上。

"冈本，晚上好。"

"啊，晚上好。"

"今天有没有去哪里走走？"

"没有。"

"一直在家里？"

"是。"

"哦。那么，今天翻到二十三页，做一下关于函数的题目。请在二十分钟内解答这道题。有什么不明白的，随时问老师哦。准备好了，那么开始吧！"

花音开始解题后，七海点开手机，试着连接 castanet 的网址，今天还是没有人提交开课申请。七海轻声叹了一口气，抬头瞥了一眼电脑屏幕，发现花音正低着头拼命做题，发旋大大地映在上面。

七海原本有初中语文的教师资格证，但这个 castanet 网站教授学生的科目是自由的。这里和学校以及补习班不一样，主要的工作是让学生做习题，即使不明白，也不用给学生答案，只要注意让学生思考，感受独立解答的喜悦就好。老师们主要负责这样的指导工作。说得极端些，即使老师根本没有解答问题的能力，也不是不能做这份工作。乍一看这种指导方法好像没什么根据，但这个学校在网上的评价不坏，还非常受欢迎。

七海返回主页，点开公司简介，心想，这家公司有没有招人呢？突然，她注意到董事长的名字，吓了一跳——浦泽和也，和派遣公司主办的讲座的讲师是一个名字。她通过维基查了查，castanet 是 High Score 的子公司，难怪江本要推荐给她。她在网上搜索了一番，发现有个网页叫"浦泽和也的讲台心得"。

　　天不生人上之人，也不生人下之人，这是说所有人都是平等的，福泽谕吉没说过这种话。《劝学篇》的开篇是这样的："据说，天不生人上之人，也不生人下之人。"也就是说，有人说了这样的话，福泽谕吉只是引用罢了。而且福泽谕吉还说："但环顾今日世间，就会看到有贤人又有愚人，有穷人又有富人，有贵人又有贱人，他们之间似乎有着天壤之别。"他说现实却截然不同，甚至是这样的："人们生来并无富贵贫贱之别，唯有勤于学问、知识丰富的人才能富贵，没有学问的人就会贫贱。"总之，他说，人在出生的瞬间没有贵贱贫富的差异，但如果不学习，就会成为贫贱的人，所以他认为最好要走学问之路。这篇文章的标题正是《劝学篇》。福泽谕吉进一步说道，"所谓学问，并不限于能识难字，能读难懂的古文，能咏和歌和作诗等不切实际的学问"，"所以如今，我们应当把不切实际的学问视为次要，专心致力于经世致用之学"。总之，要想成为有钱人，就必须学相应的有用的学问，嗯，他说的就是这个意思。福泽谕吉先生是想说，想成为有钱人，就不要学没用的东西，要学习那些能让人成为有钱人的学问。学校里究竟能否进行这样的教育？

七海突然注意到花音正看着这边。

"啊，怎么了？"

"嗯……老师。"

"什么？"

"有一次函数，是不是还有二次函数？"

"什么？哦，是的，有的。"

"那还有三次函数吗？"

"有有。也有三次函数。嗯，你知道福泽谕吉吗？"

"不知道。"

"就是说了那句'天不生人上之人，也不生人下之人'的很有名的人。听说这句话不是他本人说的。"

"嗯……"

"他说，不学习就会成为贫贱的人，学习了就会成为有钱人。你怎么想？"

"不知道。"

"学习了就能成为有钱人……无论怎么想，都想不明白。"

"……不知道。"

"就算学了很难的学问也没有用。要学实际上有用的知识。好像福泽谕吉想说的是这个意思。"

"函数实际上有用吗？"

"什么？"

"走上社会后，它有什么用呢？"

"是啊，总会有用处的吧。"

"老师也不知道吗？"

"不好意思，我得查一下。"

从画质不好的画面中很难读懂花音的表情。她会不会在想，这个家庭教师好没用啊。一定会这么想的。如果也被这个孩子抛弃的话……

七海几乎要被心中的不安和恐惧压碎了。

第四章　赤鬼青鬼

　　三月，七海失去了派遣教师的收入，冈本花音的授课费是一个月一万日元，雪谷的单人间公寓的房租是一个月五万，还有奖学金的还款①。七海一刻都没有犹豫，马上开始了在便利店的兼职。她害怕被圣林中学的学生看到，在神奈川县的鹤见找了一家店上班。从雪谷过去虽说不算太远，不过已经出了东京圈。在七海的心中，神奈川在多摩川的另一边，完全是另外一个国度。跨过多摩川，穿过川崎就是鹤见，鹤见再过去是生麦，一路直通到横滨。从池上线石川台站下车，在浦田换乘JR坐到鹤见站下车，然后再走三分钟就到了。这应该是个没有熟人的地方。不过为防万一，她特地戴上大大的黑框平光眼镜，头发也编成辫子，进行了一番乔装，站在柜台后面。一个月平安无事地过去了，有一天，突然有个客人向她打招呼。

①日本奖学金制度中，有不需要偿还的奖学金，也有贷款性质的奖学金。

"呀？这不是七海吗？你在这里打工？"

对方一口浓重的关西腔。抬头一看，一个陪酒女郎装束，打扮艳丽的女人正盯着七海看。

"我家就在这附近。七海你也住这边？"

"不，我……"

七海终于想起来了。她是大学时代同一个系的似鸟。名字想不起来了，两个人当年的关系也不是那么亲密。而且，她好像从大三起就在校园中消失了踪影，之后究竟在哪里干些什么，没有一丝消息。七海也是比较低调的学生，她就更低调了。时隔许久再次相遇，她那身装扮看上去简直像是另外一个人，尖锐的关西腔也让人没有一点印象。七海一件件拿起她买的商品扫码，手心都出汗了。不愿被人看到的一幕竟然让人完完全全看在了眼里。不过，或许还是被她看到好些吧，只要别让圣林中学那些学生遇到就好了。

"你几点下班？一起去吃饭吧。"

似鸟热情地邀请七海。她看起来率真而开朗，但又稍微有点寂寞。

七海下班后走出便利店，似鸟开心地挥着手跑了过来。

"辛苦啦！"

"抱歉，等了很久吧？"

"没有，一点都不久。你家住在哪儿？在这附近？"

"不是，要稍微走点儿路。稍微走上一点，然后坐电车……你知道雪谷吧？"

"雪谷？不知道。在川崎，还是东京？"

"东京，在大田区。"

"啊，是吗。要不去我家吃火锅？"

"火锅？"

"家里的小鸡胸脯有点危险啦，保质期快到了。可是我一个人又吃不完。还有那些小肉丸子。"

"小鸡胸脯、小肉丸子，好可爱的说法。"

"可爱？那咱们就吃掉它！"

似鸟的公寓从便利店走过去也就三分钟的距离，和七海在雪谷住的公寓相比，外观和大厅都气派多了。

"打扰啦。"

那是个单人间，却比七海的房间大上一倍多，到处点缀着华丽的物品，充满风俗店的氛围。

"来来来，坐那边。摊得乱七八糟的地儿可别看呀。"

七海照她说的，在沙发上坐了下来。她看到似鸟套上了围裙，又赶紧站了起来，说，我也来帮忙吧。

"好。给你穿这个围裙。"

似鸟递给七海一条玛丽马克的围裙。她们相互帮对方穿好围裙，就像换装游戏似的。也说不清什么原因，两人叽叽喳喳，气氛热闹起来。穿好了围裙，两个人开始准备火锅。似鸟从冰箱里一样样取出能用的东西。

"给，这就是小鸡胸脯和小肉丸子。蔬菜搁点什么好呢？小葱？还是小白菜？"

"啊，小圆白菜，小金针菇，小魔芋丝？"

两个人不管说什么都加上个"小"字，然后不知怎的又叽叽喳喳闹了起来。

"啤酒和红酒，喝哪种？"

"啊，我什么都可以。"

"喝啤酒也没关系？"

"嗯，没事。"

"要不喝香槟？吃火锅配香槟奇怪吗？"

"嗯，试试吧。"

似鸟切着菜，七海把菜盛在盘子里。似鸟准备火锅的底料和汤汁，七海往桌上摆筷子和调料。似鸟看着灶上的火。七海开香槟，砰的一声，声音大得吓人。两人又开心地闹了起来。七海往玻璃杯里倒香槟，似鸟解下围裙，在桌边坐了下来。

"干杯！"

"好久不见啦！"

两个人用香槟庆祝这次重逢。她们并没有多少交往，不过是在同一个校园里上学罢了，这种怀念之情是很特别的。无论如何，并不熟悉的两个人一起围在火锅边的场景还是感觉很奇妙。

"不过真的有点意外。我一直觉得七海肯定当了学校的老师。"

"学校的老师，我也在做。兼课老师。"

"啊，这样啊……对了，你原来就戴眼镜吗？"

"啊，这是平光的。打工时要是被学生看到了，多难堪啊。"

"可是很容易就看出来了。"

"这么明显？"

"很明显。哈哈哈。学校也在这附近？"

"学校在稍微远一点的地方。在学校附近打工可不行，我可做不到。似鸟，你现在做什么工作？"

"餐厅。"

"餐厅……"

"夜总会的餐厅。"

"……哇！"

"怎么了，有什么值得惊讶的。"

"不是不是，像你这么漂亮，一定挣了不少钱吧。"

"你也完全没问题的。要不我介绍你去试试？"

"我可不行。"

"为什么？难道你没有自信？怎么会呢，你这么可爱。"

"哪有，一点都不可爱。不行的，不行的。"

"很开心的。和客人聊聊天就能挣很多钱。干什么工作不都一样，那自然选挣钱多的了。"

"还是没法子这样说服自己啊。"

"要是被爸妈发现，估计会杀了我，因为现在我还处于求职阶段。他们还汇生活费来。可是光靠那点生活费根本不够用，只好想别的办法。不过呢，我还没有勇气去拍 AV。"

"AV？"

"成人片。"

"……啊，啊。"

"倒是被星探搭讪过。你遇到过吗？"

"没有，没有！"

"哎？你感兴趣吗？"

"不感兴趣！"

"你肯定是那种感兴趣的人。"

"哪里！不过，你说的这些都是谎话吧？"

"谎话？"

"其实你根本没做过那种事吧？"

"你说做爱？有啊！"

"真的假的？"

"你没看过吗？"

"才没有呢！"

"在网上看看呗。"

"不看，才不看那种东西呢。"

"这样你可当不了老师。"

"这和当老师没关系。"

"有关系，你不看的话，就没办法告诉学生这东西不能看。"

说着，似鸟拿过平板电脑来，点进一个成人网站。

"来。首先，来看看初学者课程。"

"还有各种课程？"

"各种各样，有很多呢。"

"哎？初学者课程就够了。"

喝了酒的似鸟态度非常强硬。半推半就的 AV 鉴赏会开始了。

"哇……这……这是在干吗？呃……啊，不行。"

似鸟在边上看着七海一连串的反应，哈哈大笑。

"哇！这怎么可能……"

"这种会做的吧？你男友没对你要求过吗？"

"才不会呢！"

喝了酒的七海觉得血直往头上涌，忽然有些不舒服。她趴在地板上，动不了了。

"你没事吧？"

"没事。稍微喝急了点。不好意思。我躺一会儿就行……"

似鸟走到七海身旁，轻轻抚摸她的后背。七海稍微平静下来。似鸟用和刚才不一样的温柔沉稳的语调对七海说：

"原谅我。都怪我刚才给了你太强的刺激。原谅我，原谅我。"

"已经没事了。"

"七海，你的老家在哪里？"

"……我的老家？岩手县的花卷市。"

"啊，对。我家在奈良。我们大学里，地方上来的人很少啊。"

"是啊。你后来一直没来上学，是退学了？"

"嗯，因为停学了。大二的中间吧。那时是不是有各种谣言？"

"谣言？没听说过啊。"

"是吗？"

似鸟的话中似乎暗含着什么。七海抬起头，看到了似鸟悲伤的脸。

"没有存在感的人，连谣言都没有啊。"

"当年你的妆比现在要淡。"

"那时候基本不化妆。"

似鸟苦笑了，突然又沉默下来。

"怎么了？"

"……我干过，真的。"

"什么？"

"AV。"

"AV？"

"成人片。"

"啊。"

"那时很痛苦的。要是被爸妈发现了该怎么办呢？心里一个劲地想着这些。也想过不会被发现的，绝对不会被发现，可是被人发现的可能性并不是零啊。那时我有男朋友，分手了，因为他一生气就会死命地揍人。啊，我要是做个陪浴女就好了。现在我也会想要是被发现了该怎么办，一想到这些……"

似鸟的眼中溢出了泪水。

"不行。我一喝酒……就爱流眼泪。"

七海明白了。她一定在向我寻求安慰。说不定似鸟在很长时间里，一直在寻找一个可以倾听她的心声、给予她安慰的人。今天自己是碰巧被她抓住了。不过，该怎么安慰她呢？七海完全没有头绪。她除了沉默，什么都做不了，连安慰的话语都找不到。

七海突然想起了那个童话——《哭泣的赤鬼》。心地善良的赤鬼想和人类成为好朋友。有一天，他在自己家门口立了个木牌。

上面写了这样四行字：

> 这是心地善良的鬼的家。
> 谁都可以随便进来。
> 这里有好吃的点心。
> 还泡好了热腾腾的茶。

赤鬼的愿望落空了。没有一个人走进赤鬼的家。有一天，好友青鬼听说了这件事，想出了一个办法。青鬼在村子中大闹，然后赤鬼出现，惩治了作恶的青鬼，拯救了人类。结果计谋非常成功。人类认为赤鬼是善良的鬼，渐渐开始去他家里做客玩耍。但是，从那以后，再也见不到青鬼的身影了。赤鬼很担心，他赶去青鬼家，发现了青鬼的留言。青鬼担心要是人类发现他们俩在一起，会产生怀疑，于是独自去了远方。

赤鬼一言不发地看着留言。他看了一遍又一遍，用双手捂住脸，倚着门抽抽搭搭地哭了起来。

似鸟就像赤鬼，而自己却是帮不上忙的青鬼。把赤鬼接待人类的点心和茶水吃个干干净净就走的无能的青鬼。

七海和似鸟陷入了漫长的沉默。

似鸟想必很失望吧。啊，找这家伙来商量，却一点用都没有。她一定会这么想的。想到这里，七海就觉得很抱歉，怎么也坐不住了。

回去的时候，似鸟把七海送到了车站，正好赶上末班车。分手之际，似鸟微笑着说：

"谢谢你听我说这些。"

七海胸口憋得难受，无法回答。什么都做不了的青鬼在赤鬼的目送下，逃跑般穿过检票口。

从第二天开始，去打工变得让人痛苦，却不能休息。似鸟要是再来该怎么办，该用什么表情迎接她？七海忧心忡忡。但是从那以后，似鸟再也没有出现在店里。或许她也在躲避这家店，因为七海在这里，她不得不放弃这家常来的便利店……

因为青鬼来到了这里，赤鬼不得不离开。

第五章　订婚礼

铁也发来短信说，为了庆祝七海的生日，预定了代官山的一家意大利餐厅。那是生日之前两个月的事情，正是七海琢磨着该何时清除铁也发来的留言记录的时候。当然要拒绝了，只是听铁也说那是米其林三星的餐厅，预定非常不容易，她觉得拒绝实在是过意不去，结果最后回了一个充满喜悦的"谢谢"。其实也有去米其林三星餐厅看看的想法。这样一来，这两个月里就没法注销记录了。七海不免感到些许忧郁。但是没过多久，就发生了话筒事件，圣林中学的合约取消了。这么一来，铁也的存在忽然变得重要起来。总之有他在，就让人感到安心，肚子饿的时候也肯定会请她吃饭，在这个意义上，他成了不可或缺的人。

@ Clammbon

太会算计了……

不过，不一点一点地将算计的小碎片摞得高高的，就看不出爱情的形状。这是没办法的事情。

这是一天晚上，七海趁着酒劲上传的一段文字。第二天一早看到这些文字时，好一会儿都想不起究竟是为了什么而写的。

两个月很快就过去了，四月一日，七海的生日来临了。

预约的意大利餐厅在错综复杂的小巷中间，外观朴实低调，但据说菜肴非常美味。点过菜后，开了香槟，两人干杯之后，铁也从包里取出礼物递给七海。

"生日快乐，二十三岁了吧。"

"是呀。"

七海打开盒子一看，是一块手表。外观设计硬朗，颜色是鲜艳的粉红色。

"Baby-G，面向女性设计的一款 G-SHOCK。是不是很酷？"

七海一点都不了解面向女性设计的 G-SHOCK 究竟哪里好。不过，还有一份礼物。

"另外，这个是不是稍微有点早呢……"

铁也说着，在七海面前放下一个小小的盒子。打开一看，是一枚戒指，像是钻石的宝石在戒指上灿烂地闪烁。

"这是订婚戒指，嫁给我吧。"

这句话犹如施了魔法的咒语。简直就像是香槟酒的瓶塞飞出去了一般，七海瞬间全身充满了幸福的气泡，眼泪流了出来，怎么都止不住。

"可是……这不是说谎吗？今天是愚人节啊。"

"是不是说谎，不该用我们彼此的人生来验证吗？"

七海感觉自己飘到了空中。铁也用手帕温柔地为她拭去满脸的泪水。七海尽情地哭泣着，任由铁也擦拭。可以和眼前这个男人结婚了，要说七海为此喜极而泣，那是在撒谎。

可以不用再考虑工作的事情了！

她明白这个决定很轻率，不过目前来说，这是最好的选择。无论多么顶级的料理，在七海看来都不过是让人生存下去的食物。不管怎样的料理，都敌不过为了生存而吃的食物，这个世界上没有比维持生存的食物更珍贵的料理。

当她回过神来，铁也手中正拿着手机。

"忘了，要是在擦之前拍下来就好了，要不你再哭一次？"

听了这样的话，还有谁能哭出来啊。刚这么一想，第二波眼泪又来了。七海号啕大哭起来。铁也冲着她的脸拼命地按快门。

"嗯……还差一点，没拍好。要不你歇一下，别哭了。"

听了这样的话，会有人能停住吗。这样一来，只能哭到自己停下来为止了。她哭得太伤心，时间也太久，不知不觉，周围的客人都奇怪地看了过来。

"别哭了。"

可七海还是停不下来，最后连铁也都转过身去。好容易停住了哭声，七海一下子食欲大开。铁也说，尽情吃吧，没关系。她就像只饿犬，把送上桌的三星级料理瞬间一扫而光，还加了好几次面包。

以那天为界，七海体内的七川皆海突然活跃起来，洋溢着幸福的帖子无休无止地上传，喜欢消极思考的 Clammbon 暂时销声匿迹了。"爱活·婚活篇"的时间轴上，七川皆海毫不忌惮地称呼男友为"王子"。身为用户的铁也同样也看到了这些。

"没有什么王子吧。别用王子这个词儿了。"

铁也好像不喜欢这个称呼，不过看上去挺开心。不知不觉中，七海对着他本人也喊起了"王子"。铁也接受了这个称呼，也开始称呼七海"公主"，对旁观者来说，他们已经迈入了我行我素、不在乎别人眼光的二人世界。公主乐此不疲地上传帖子，乐此不疲地给王子发短信。王子也乐此不疲地认真回复，按部就班地做着结婚典礼前的准备。

首先是订婚礼。铁也让七海看了向岛料亭的宣传册，上面有订婚礼的服务项目。只要新人过去即可，后面的一切都由店里帮忙准备。铁也打印了这个月和下个月的日历，在可以预约的日子下画了圈，把日历递给七海。

"你拿着日历去问问爸爸妈妈。我也回家问一下。"

"嗯，明白了。"

七海点点头，脸上却露出了愁容。

有个问题。那就是父母离婚的问题。她从来没有和铁也提过这件事。

那天晚上，七海第一次和在长野的母亲取得了联系。在电话那一端，母亲的声音听起来若无其事，一点发怵的样子都没有。

"七海？你好吗？听说你当上了学校的老师？对不起，谁都不告诉我具体情况，所以我都不太清楚。奶奶去世了吧？听你爷爷说的。"

"爷爷也去世了。"

"啊？你爷爷？怎么就去世了呢？"

"因为脑梗塞。"

"啊呀呀。这样啊。那么说来，上次那个电话就是最后一次通话了。那是两年前的事情了吧。你爷爷打来电话，问我要不要回去一趟。"

"什么？"

"我还想结婚后一直冷漠对待我的人怎么打电话给我，结果说小坪看上了家里的店。我问他究竟发生了什么，他说小坪一次又一次上家里去，还说什么是你爸爸叫去的。这些你知道吗？"

"一次又一次上家里去……那两个人结婚了。"

"什么？你爸爸？和小坪？"

"再婚都已经三四年了。爷爷的记忆都错乱了。"

"啊呀呀，那可不行啊。食物中毒事件就是小坪干的。小坪故意在店里撒了什么诸如病毒。你爷爷这么说的。这也是胡说八道？"

"小坪？为了什么呢？"

"不知道为了什么，不过，她现在不是变成餐厅老板娘了吗？动机很充分啊。"

"爷爷对我们说，撒病毒是妈妈干的。"

"我？我可没干这种事情。我怎么干呢？那个什么诺如病毒究竟哪里有卖的啊？这个爷爷，想想就让人生气。还是这个样子。早点死了的好。对，他已经死了。"

七海叹了一口气。小坪的事情真的无所谓了。

"对了，妈妈，你能来参加结婚典礼吗？"

"什么？结婚典礼！谁的？"

"我的。"

"什么？你要结婚了？你应该先说这件事！什么呀，应该祝贺你！"

"谢谢。"

"对方是个怎样的人？"

母亲开始刨根问底，七海一条一条地回答她的问题。

"和在亚马逊上买东西一样？下个单，快递将年轻男人送上门来？跟这样差不多吧。"

"这说法太极端了。"

"现在的时代变得好厉害……那如果不去的话……再怎么说是在网上认识的，也是我女儿要结婚，没错吧。"

"还有订婚礼。"

"订婚礼！还真讲规矩啊。不得了，不得了。可是怎么办好呢？你现在不是有新妈妈了吗？那个小坪？"

"我不想让那个人参加。那个人是爸爸新娶的太太，却不是我的妈妈。"

"可是考虑到今后的生活，你不叫她来的话……"

"我无论如何也做不出这样的事。"

"所以呢……"

"你来吧。"

"如果你爸爸说可以，那就可以。不过举行订婚礼时，我们夫妻俩已经离婚了，怎么想都觉得不喜庆，这样你们的生活也不会顺利吧。啊，对了，离婚的事情不提，不就得了？就假装我们还是两口子不就好了！只要我们闭口不提，谁也不会注意到我们已经离婚了。"

撒谎是不对的。闭口不提或许是个好主意。"闭口不提"这个表达方式不太对，应该是"没有提及"。

七海给花卷的父亲打了电话，和他商量母亲的提议。

"搞什么名堂。直接说实话就好了。你妈妈和年轻员工私奔了，现在都有了个三岁的孩子。这么一说，对方不就觉得你很可怜，更疼你了吗？还有，七海，你的结婚典礼能不能让佐智代也参加？"

"小坪？不行。"

"为什么？"

"我不需要两个妈妈。"

"那晴海就不用去了。她可是抛弃你的妈妈。"

"可是妈妈就是妈妈。小坪对我来说什么都不是。"

父母的问题和小坪的问题搅在一起，让七海感到疲惫不堪。唯有在 Planet 上才能消除这种怨气。时隔许久，她又让 Clammbon 这个账号复活了。

@Clammbon
结婚是一个家庭和另一个家庭的问题，

并不是相爱的两个人自己的事情。

结婚的事，想想还是算了。

Clammbon 的帖子立即收到了很多评论，其中以婆媳关系的问题为主。七海的问题自然是自己父母的事情。她试着在网上搜索有没有与自己相同的烦恼。

她用"父母离婚、结婚典礼"的关键词搜索，出现了各种各样的条目。

Q：父母离婚的话，自己的婚礼上邀请哪一方来参加好呢？

Q：想问问在父母离婚的情况下，孩子的结婚典礼该如何操办？

Q：如果父母离婚了，结婚典礼上是否只能邀请一方？

Q：有没有人家里父母离异，举行过婚礼的？

仔细想想，这绝不是很少见的事情。只要有离婚的家庭，这就是无法避免的问题。七海看了各种各样的讨论，很多问题是在问应该邀请父亲还是母亲，而多数的回答是应该优先考虑一起生活的那一方。而且谁都避免明确说出答案。说什么因为各个家庭的情况都不相同，分手的理由也各不相同，都是这种腔调。七海的观点有些不一样。这不是邀请哪一方来参加的问题，而是她哪一方都不想邀请。

但是，这些又不是问题，结果只能让双方都来参加，因为她不想让对方知道自己家是离异家庭。应该把真相告诉铁也吗？不行。要是说了出来，让铁也失望，结局就悲惨了。要是他说不想和这种家庭出身的人结婚，一切不就完了吗？这一点一定要避免。铁也是那样的人吗？他会在意那种事情吗？会不会是自己想得太多了？七海也有过要向他坦白的想法，说不定他会说这种事没什么，谁都不会在意的。不过……真的不知道。不知道才是问题所在。

七海又以"父母离婚、告诉结婚对象"为关键词来搜索。结果出来了这样一个问题。

Q：父母离婚的事，不告诉结婚对象不行吗？

关于这个问题，百分之九十九的建议是"告诉对方"。不应该向结婚对象隐瞒事实，这和隐瞒自己有借款一样。如果是自己，绝对会说的。要是男方因此悔婚，这个婚不结也罢。怎么说呢，回答者全是些信口开河，也不考虑后果的人，只会把提问者架在火上。想法的差距怎么会这么大？不管怎样，因为百分之九十九的建议是坦白，就依照这种建议，向铁也坦白一切？如果真这么想就好了，可是反复翻看全国各地涌来的建议，七海还是做不到这一点。她从提问者的某句话中感到了深深的恐惧。

父母在我很小的时候离婚了。
我和姐姐与母亲生活在一起。

我和交往三年的男友订婚了，

只是还没告诉他父母离婚的事情。

即便向他坦白了，

说不定他也不会在意。

他看起来不像是会在意这种事情的人。

其实我是有心理阴影的。

我和前一任男友说过父母离婚的事情。

他听完后，就不见了，再也联系不上了。

也许不是因为我说了父母离婚的事情，

或许还有其他的理由。

但是，至今我也想不出其他的理由是什么。

前男友是在网上认识的。

现在的男友是公司的上司。我觉得他不会做过分的事情。

但是，心中的不安还是无法消除。该怎么办才好呢？

"前男友是在网上认识的。"

这行字击中了七海的心脏。而且上面不是说，后来那位男友突然失去了联系吗。

再也不和其他人商量了，七海决定选择母亲晴海的建议，大家一起隐瞒父母离婚的事情。得不到祝福的压力压在心上，随着订婚礼的临近，胃上好像开了一个洞。到了前一晚，七海终于连觉都睡不着了，整夜没合眼，一直到天亮。就这样偷偷苦恼着，迎来了五月连休结束时的黄道吉日，那是个让人头昏目眩的大晴天。

在向岛的料亭里，鹤冈家和皆川家汇聚一堂。新郎这边是铁也和他父母，新娘这边是七海和已经离婚的父母，一共六人。

订婚礼的仪式很奇妙。伴随着极其传统的套话，两家人相互交换了聘礼和称作承诺书的聘礼单等。整套程序都由料亭的工作人员详细地在旁指点。两家人边看边学，动作和台词都磕磕绊绊的。

"这是鹤冈家的聘礼，请永久保存。"

铁也的父亲向皆川家递上聘礼的目录。

"如此尽善尽美的聘礼，实在感谢，我们会永久保存的。"

父亲说着，接了过来。

"这是承诺书，还请笑纳。"

说着，母亲将承诺书递给鹤冈家。

收下鹤冈家的聘礼后，接下来轮到皆川家。同样的事情再重复一遍，仪式才算结束。女招待们麻利地开始准备宴席，两家人倒上啤酒干杯，然后是就餐和畅谈的时间。两家人一边愉快交谈着，一边装作若无其事地相互试探对方的情况。带着离了婚的父母装模作样，煎熬般等待着时间一分一秒地过去，七海简直如坐针毡。

铁也的母亲佳也子很年轻，说是母亲，看起来更像是姐姐，不禁让人怀疑是不是没有血缘关系的后妈。她的笑脸天真无邪，说话的语气也开朗，可是言语细微之处带着一种奇怪的讥讽。

母亲晴海对这些却一点都不介意。

"是这样啊。我之前还有点担心呢，不过见了面，就明白这是个出色的孩子。呀，真的是放心了。我反而担心我们家这孩子，她这样的人做你家的媳妇可以吗？"

"他们这种见面方式，在我们那个年代简直是无法想象的。"

"我们那个年代去迪斯科舞厅被人搭讪，玩到第二天回家，想想那样的青春时代，不是比现如今这种方式更加胡来吗？"

母亲晴海状态绝佳。两个人暗含讥讽的你来我往，让七海和父亲一阵阵地冒冷汗。

"我觉得那也是分人的。"铁也的母亲佳也子苦笑着说。她瞬间就看出了晴海的不快。七海在边上坐立不安。

"不过特意选了位学校的老师，真像是这孩子做出来的事。正因为是在网上，对方可以是医生，也可以是身为亿万富翁的实业家。网络这种能随便挑选的地方还真不错。这孩子不会冒险，喜欢豆沙馅面包，就一直吃豆沙馅面包。"晴海说。

"呀，这么说来，喜欢上我们家孩子，就一直认定他了呀。"

"就是这样的。她一定会一直喜欢的。但太死心眼，说不定铁也会很累的。七海你可得注意点，啊哈哈哈。"

"七海……"佳也子把视线转向七海，"听说你结婚后，想继续做教师的工作？"

"啊，不，那个……是的。"

话题突然抛了过来，七海一时不知所措。就算说要继续做下去，现在也没有工作了。

一无所知的铁也贴心地补充道：

"因为教师呢，当了一次后就很难辞掉了。或许只有站上讲台的人才能理解这些。"

"你怎么说这种话。光是家务活就很辛苦了。要是孩子出生了，那更不得了。"

"您是说我很麻烦吗？"

"你说什么呢。因为你，我被叫到学校多少次？你上小学时，可把邻桌的女孩欺负惨了。不过，那是你的初恋吧。"

"妈妈……这种事情就别说了。"

铁也的脸红了起来。

两位父亲始终苦笑着，几乎没有发过言。

回去的时候，料亭帮忙叫来了出租车。第一辆车子来了，两家人相互谦让，一时陷入了僵持状态。鹤冈家在东北人的谦逊面前败下阵来，先上了车。等黑漆漆的出租车转过拐角消失，父亲终于开口了。

"没关系吗？那男人可是称呼他母亲'妈妈'，一定是那种有恋母情结的人。"

母亲一听，立马开口训斥父亲。

"你说这种话可是要遭报应的。那家人配咱们家才可惜呢。别说不负责任的话了。"

"啊，反正七海觉得好，我就没意见。"

"不用说，肯定好啦。因为觉得好才结婚的，不是吗？对吧，七海？"

"唉，在东京一个人生活也很不容易啊。一些细微的地方就忍一下，结婚也是个不错的选择。"

父亲说，听起来是让七海妥协的意思。

出租车来了。母亲坐了进去，父亲关上车门。车子随即开走，可以看到后座上的母亲一脸惊讶的表情。

"不一起到车站吗？太浪费了吧。"

七海说，父亲露出苦笑。

"一秒钟都不想和那家伙待在一起。唉，还要一直忍到结婚典礼结束。这就是所谓的假面夫妇吗？不过我们连夫妇都不是，也算不上吧。"

"对不起，给您添麻烦了。"

七海带着开玩笑的表情，低下了头。

"说什么呢。唉，我们都很失败啊。你一定会幸福的。"

"您怎么知道呢？"

"其实也不知道。不过，希望你能幸福。就你一个人。这一点你妈妈也是一样的想法。我们毕竟是你的父母。"

父亲这句话不禁让七海泪眼汪汪。

"谢谢您。"

女儿与父母之间有经年累月的芥蒂，只有在这种时候，才会不可思议地表达真诚的谢意。女儿的话语让父亲的眼中涌出了泪花。这种时刻父亲会心软，很容易流泪。

七海想起小时候有一次在游乐园走失的事情。记得那天母亲买了个气球，给七海拿着，说这样就算走丢了也能很快找到。平日游客稀少的游乐园，那天不知为何人流如织。装扮成粉色卡通兔子人偶的人正在给孩子们发礼物。那到底是什么呢？七海的注意力被吸引过去。不知不觉中，她和父母走散了。七海一个劲地寻找父母，找着找着，气球不小心从手中飞走了。看着气球越飞越高，想到再也不能见到爸爸妈妈了，她不由得害怕起来，号啕大哭。父亲循着声音赶过来，找到了七海。母亲也来了。啊，太好啦。这下，七海又放心地哭了起来。

"一起坐车吗？"

"不了，我坐地铁回去。"

"那，好好保重。"

"爸爸您也保重。"

送父亲坐上出租车后，七海一个人向车站走去。她心不在焉地想着那只越飞越高的气球。

第六章　兰巴拉尔

　　订婚礼结束后，每个周末都被结婚的准备工作占去很多时间。所有的一切都是第一次经历，弄得七海手足无措，费事的部分都由铁也来负责。铁也办起事来圆融周到，每一件事都办得很漂亮。精英教师看来就是不一样。这么想着，七海不禁为他感到自豪，同时也觉得自己很丢人。考虑到从地方上赶过来的亲戚们，决定在东京站附近寻找举办婚礼的场所，又为了方便东京的朋友们回家，把二次会的地点选在了新宿。就这样，铁也一件一件、条理分明地把婚前的准备工作处理好了。

　　他还找好了新房。铁也的房子位于幡谷，是一间一居室的公寓。客厅对一个人生活来说非常宽敞，七海觉得足以在里面打滚了，不过铁也坚持认为，"新婚生活应该在新的地方开始"。他四处寻找，最后在世田谷区的深泽找到了一处两居室。那地方无可挑剔，七海连一句牢骚都发不出来。

　　婚宴要邀请的客人该定下来了。铁也在电脑里做了个座席表，试着安排客人的位置，发现皆川家那边的席位怎么也填不满。

"这位叫辉男的，是爸爸的弟弟，这位真梨子是他的夫人。"

"就这两人？"

"是，所以才混坐在朋友席中。"

"就两个人啊。别的亲戚不来吗？"

"平日都不怎么来往的。"

"为什么？"

"……没什么特别的理由。"

理由是有的。诸如病毒事件和妈妈的私奔。爷爷奶奶去世后，和亲戚几乎没了来往，就像陌生人。好容易列上了父亲的弟弟皆川辉男、真梨子夫妇的名字，但他们能否参加，不问问还真不知道。

"仪式中有一个环节是双方的亲戚面对面相互问候。人数不够的话，这个环节就失去平衡了。要不减少些我家这边的亲戚吧。就算是这样，不能再来几位吗？"

"嗯……那我再联系看看，争取一下。"

话虽这么说，究竟该怎么办才好，七海一时也想不出办法。

"然后，圣林中学的老师是哪几位？"

"我没邀请。"

"为什么？"

"那个，我决定辞去学校的工作。你妈妈不是反对嘛。我也没有信心能做到家庭和学校两不误。"

撒谎。七海早就不去学校讲课了，在便利店里的兼职也一直瞒着铁也。

"这样啊……"

"可以吗？"

"也不能说不可以吧。"

"收入是会减少，但我不会大手大脚的。"

"那倒没关系。"

"你介意吗？"

"你是不是为很多事情苦恼？为什么都不找我商量呢？"

"啊，抱歉。对了，那可以问你一件事吗？"

"什么？"

"函数在走上社会后有什么用？"

"什么？"

"一个学生问我的。"

"那自然有用了，在很多地方。"

"很多？"

"嗯，也就是说，函数……比如人造卫星的轨道计算之类，不都离不开函数吗？"铁也开始用手机查找。

"原来，在网上搜一下就知道啦。"

"你现在才注意到？函数函数……这问题相当难啊……"

铁也在手机上查得焦急，转身回到自己的桌前，打开了电脑。七海趁机化身为 Clammbon，发了和函数没有关系的帖子。

@ Clammbon

结婚典礼真让人焦虑。

首先是亲戚人数不够。对方的亲戚会来二十位。怎么办?

不一会儿，就来了几条回复。其中有个叫兰巴拉尔的人发了一条评论。不知道对方是谁，不过在七海的印象中，是位时不时回个机灵帖子的常客。

@ 兰巴拉尔
出席婚宴的客人其实有很多是假冒的，你知道吗?

"什么? 真的假的? "
七海不禁叫出了声，铁也回过头看着她。
"哎? 什么? "
"没、没事。"

@ 兰巴拉尔
是雇了很多兼职的人。我认识一位负责这种兼职的家伙。
要介绍给你吗?
他的用户名是 AMURO_0079。
你只要说是兰巴拉尔的朋友，他应该会给你回信的。
试试吧!

@ Clammbon
不觉得这样做太奇怪了吗?

@兰巴拉尔
没事的。我保证!

　　七海皱起了眉头。就算兰巴拉尔能保证,七海对他也不了解。
"兰巴拉尔"究竟是什么?她搜了一下,出来这样的解释。

　　　兰巴·拉尔,动漫《机动战士高达》中的出场人物,一眼
　　看上去就很特别。他有句著名的台词:"和扎古是不一样的!
　　和扎古!"

　　七海对"高达"几乎一无所知,但至少知道那是个动漫角色。
她试着双击兰巴拉尔的用户名。Planet 上他的主页里,有无数天空
的照片,是他自己拍的吗?还是从网上收集的?她一时被那漂亮
的照片迷住了。
　　七海相信了从没见过面的兰巴拉尔的话,联系了那位账户名
为"AMURO_0079"的人。

@ Clammbon
您好。

　　七海试着发出了这么一句短讯。回复马上来了。

@ AMURO_0079

Clammbon，您是兰巴拉尔的朋友吧。

@ Clammbon

请多多关照。

@ AMURO_0079

是为了代理出席那件事吧？

叫什么代理出席，说得那么冠冕堂皇，一点罪恶感都没有。仿佛理所应当有这种服务。对方说，具体细节见面后再细聊，和七海约定平日的下午在三宿的世田谷公园见面。

出现在面前的男人打着领带，打扮得整整齐齐，看起来像个少年。成熟与未成熟的感觉混在一起，并不会令人不舒服，给人的第一印象就是这样。

"我有各种各样的名字，至于这次……"

男人选了一张名片递过来。公司的名称是安室商会，上面写的名字叫安室行舛。

"安室……"

"行舛"的发音，七海不会念。

"念作'yukimasu'。就是那个'amuro yukimasu①'。"

---

① 《机动战士高达》的台词"阿姆罗，出击"的发音。

七海对"高达"这部动画并不了解，自然不明白其中的意思。

"我的本职工作是演员。"

"您是演员？"

安室又掏出了另一张名片。上面写着"演员 市川 RAIZO"。

"市川雷藏……以前是不是有个演员叫这个名字？"

市川雷藏是二十世纪六十年代大映映画的台柱子。

"随便借用一下，自作主张成了他的继承人。演员的名字随便起什么都可以。只要得到角色，在工作完成以前，角色的名字就是自己的名字。在这个意义上，名字有无限种可能。对了，今天我并不是雷藏，而是安室商会的安室行舛。我做过各种各样的事情，但一切都是为了提升演技。"

"安室商会是一个怎样的公司？"

"什么都做，什么活都能接。我会尽最大的努力。今天的委托是代理出席结婚典礼，是吧？"

安室递给七海一份彩色的宣传册。

"代理出席的服务，我大致用'阿兹纳布'的标签标了出来。"

"那也是'高达'里的？"

"是的。里面有个很受欢迎的角色叫夏亚·阿兹纳布。其实应该叫卡斯巴尔·蕾姆·戴肯，后来用了朋友夏亚·阿兹纳布的身份。在某种意义上，他就是夏亚·阿兹纳布的代理出席者的感觉。标签名就是从这里借用的。嗯，先不说这些了。这是宣传册。您先看一遍，上面大概都写清楚了。最近，亲戚聚不齐、朋友来不了都是很平常的事情。早年间，亲戚间有一种共同体的作用，但如今这时代出现了太多的共同体，和亲戚的交流机会也少了很多。尤其是在大城市里，代理出席的需求急剧高涨。"

"是这样吗？"

七海翻着宣传册。什么"创造人生最美的回忆"，什么"给您一份电影场景般的体验"，这些密密麻麻东拼西凑的话语和夸张的插图混在一起，实在让人觉得可疑，不过在七海看来觉得很气派。

安室指着最后一页的价目表，说：

"代理出席婚宴的价格是一个人八千日元。从婚礼开始参加的话，要再加三千日元。要是需要致辞之类的余兴节目，另外再加五千日元。不过您是兰巴拉尔的朋友，我会给您折扣的。"

"谢、谢谢。怎么办好呢……"

"很困惑吧。还会想，要是事后被人发现了该怎么办吧？"

"是啊。有点担心。"

"是会担心的。我理解，我理解。不过，被发现的情形还没遇到过。想不到吧，其实亲戚间没什么机会见面。"

"是这样吗？"

"是的，所以大家都放心地利用这项服务。不过，万一发生这种事情，您也根本不用担心。那时候，只要您再次联系我，我会尽可能找相同的人来应付。因为您是兰巴拉尔的朋友，我会好好为您提供服务的。"

安室的推销极为流利，七海连插嘴的余地都没有，就这样在面前的预约单上写下了自己的住所和姓名。

"对了，您结婚以后还会遇到各种事情。遇到麻烦事的时候，不管什么事都可以和我联系。只要是能办到的，我都会帮您做。屋子里发现了蟑螂可以联系我，附近出现了麻烦的人想打发掉，这些都可以，还能进行外遇调查。呀，不好意思，竟然在马上要结婚的客人面前说这些，实在是失礼了。总之什么都可以，我们什么事都能办。"

之后，安室寄来了报价单，打完折后的价格是二十万日元。出席者要带的贺礼还必须另外准备。

看到客人名单上增加的出席人员，铁也大吃一惊："这是怎么回事？"七海犹豫着该不该告诉他代理出席的事情，看到他的表情，却说不出口，可能是隐瞒了父母离婚而感到内疚的缘故。说是什么都可以告诉他，可说了的话，他又会像法官一样做出冷静而透彻的判断，大概不会谅解找人假扮亲戚这种事。

"爸爸妈妈帮我一家一家地联系。一听说是我的结婚典礼，出乎意料，大家都愿意来。一下子就有了不少人。然后，圣林中学那边也联系了几位老师。"

铁也没有对这些谎言产生怀疑。终于填满了客人的名单，他开心得就像把游戏打通关的孩子。

"对了，这个怎么样？"

七海把一份宣传册递给铁也。那是安室介绍的一项服务，不是骗人的东西。她觉得给铁也看了也没什么影响。她不是要用这份东西抵消自己的谎言，而是想略微减轻一些自己的罪恶感。

"这个呢，叫回忆重现，是一种助兴项目。朋友说是在别人的婚礼上看到的，一个劲儿劝我说，这东西很有趣。怎么样？咱们要不要试试？"

据说这种项目是请真正的演员来表演，将新郎新娘各自的少年、中学和大学时代，还有走上社会直到现在的情景展现出来。铁也看了册子后，没弄明白是怎么回事，他按照册子上的网址找到了网站。七海一下子惊慌失措，要是上面出现了代理出席的信息该怎么办？但是，上面的公司名字不是安室商会，仅仅是回忆重现，是另外一家公司。铁也点开了视频。

婚宴的最高潮，新郎新娘向父母敬献花束的场景中，突然出现了一个少年，一下子切换到了新郎的少年时代，对着父母开始回忆年少时候的故事。新郎的少年时代之后，是新娘的少女时代。接着又换了一批演员，表演学生时代，两个演员在父母面前分别表演了新郎新娘的成长过程。父母哭得稀里哗啦。新郎新娘也哭了。下面的来宾也纷纷落泪。七海也哭了起来。铁也非常喜欢，立即决定定制一套这项服务。

七海联系安室，告诉了他，他却这样回复过来。

@AMURO_0079

要做吗？其实那项服务是第一次做，得稍微花点时间，不介意吧？

@ Clammbon

第一次？我都看到视频了。

@AMURO_0079

那是别人家做的。那边的是原创的。

没关系。我们会完美地复制过来。

@ Clammbon

你们没做过吗?

@AMURO_0079

因为没做过就做不到,那我们就不是什么活都能接的公司了。

没杀过人就不能扮演杀手角色的话,就没人干演员这行了。

不管有没有做过都能办到,太了不起了。难道这就是专业人士?七海被轻易地说服了。

数日后,安室发来一个带附件的邮件。打开一看,是一份调查问卷,设计得非常精细,内容丰富,完全看不出是初学者做的。安室说的完美的复制,原来连这些地方都包括在内。

"说要填一下这个,为制作脚本做个参考。"

那上面有各种各样简单的问题,例如年少时是怎么称呼父母的,父母又是怎么称呼自己的;有填写具体回忆的一栏,边上提示了一些参考的例子,还有为回忆提供灵感的季语类的关键词。

"暑假,暑假……暑假里发生过什么呢?"七海冥思苦想。

"总有些什么事情吧。"

"可是，是和父母一起经历的事情吧？我爸妈平时总是忙着店里的事。啊，想起来了。"

七海回忆起了小学三年级的事情。那时家附近住着一个和她关系很好的孩子，名叫美智。她是父亲店里员工的女儿，两个人怎么也做不好单杠的翻转上杠。美智的父母一直陪她们练习。附近没有单杠，她父母就用晾衣杆，一人拿着一头当单杠。人拿着的晾衣杆能结实吗？刚开始练习时，两个人非常害怕。试了几次，虽然和真正的单杠不一样，晃晃荡荡，不过完全可以用来练习。两个人轮流进行，手上都磨出了茧子，有时甚至连铅笔都握不住。美智的母亲有时手上打滑，正在练习的人就和晾衣杆一起摔到地上。那时的疼痛，如今反而成了美好的回忆。不久，美智先学会了。七海却怎么也翻不上去。但美智一家人还是不厌其烦地一直陪着七海练习。

七海把这些事情告诉了父母，父母皱起眉头，说太给美智的爸妈添麻烦了吧。七海深受打击。她从来没有考虑过这些。她一直觉得美智的父母很开心地陪着她们练习单杠，而且他们看起来的确很开心。母亲说，讨好七海，又不会给他们涨工资，这话让七海十分受伤。

有一天回到家，七海发现后院里架了一个单杠，据说是拜托市政厅的熟人从废弃的学校搬过来的。七海非常厌恶父母的这种处理方式，她曾经认真地想，要是自己是美智家的孩子就好了。

高三的暑假是人生最黑暗的时期，接连发生了诸如病毒事件、父亲的经营困难、母亲的私奔……要说人生中有什么值得骄傲的事，那就是在自己的努力下提高了成绩，考上了大学。这件事的确可以算是美谈，但仅仅是自己一个人得意的事情。要说这件事，就不得不从诸如病毒事件讲起。在婚宴的高潮谈起诸如病毒之类，实在是不合时宜。

姑且把单杠练习当作少年时代的故事，将记忆模糊一些，美智的父母就当成自己的父母。高中时代的故事，就只能改成在父母的支持下努力学习的事了。结婚典礼之前的这段日子里，本来就为了这样那样的事情忙得不可开交，如今又增加了一项任务。要是自己家是没有一丝伤痕的幸福家庭，想必会开心地做这些题目吧。可是这样的家庭究竟会有几个呢？世间还不是有离婚啦，家庭暴力啦，弃婴事件啦，大家都怎么应对这些事呢？

看看身边，铁也正沉浸在自己的回忆中，毫不迟疑地用心写着。他不就是那种过着幸福人生的人吗？七海叹了一口气。这项服务真的不适合自己。她坐在铁也身边掏出了手机，躲开他的视线，化身为Clammbon，写下内心的烦恼。

@ Clammbon

可以带进结婚典礼的东西其实非常有限。

比如理想的家庭，理想的家人。

不符合这些的还是别在婚礼中出场了，

这才真的是谎言。

第七章　结婚典礼

@Clammbon

到了结婚这一步，不必说的谎言说了一大堆。

再也没有比说谎更令人忧郁的事了。谎言再加上谎言，一直持续下去，简直就像是犯罪，让人好想抛弃一切消失掉。即便并非如此，结婚也是个奇妙的习俗。特别是对女人来说，那简直就像是某种惩罚。舍弃自己住惯的居所，抛却过去，甚至连姓氏都舍去，把人生的一切都托付给一位不知是否值得信任的男人。这要是罪犯，那究竟做了多么严重的坏事才会受到这样的惩罚？七海越想越忧郁。不行不行。这仅仅是人生新的开始。重新开始人生后，困顿的过往就不存在了。镇定镇定。断舍离，断舍离。七海这样劝说着自己。

七海决定和做家庭教师的 castanet 网站解约。没有深层的考虑，仅仅只是将它列入断舍离的名单罢了。她给负责人写了封邮件，并直接告诉了花音，老老实实地告诉她真正的事实。

最后一天上课时，七海接通了花音的视频，画面上出现的是她母亲。

"那个，我看了老师写来的邮件。祝您新婚快乐。"

"谢、谢谢。"

"老师，您真的准备辞掉这份工作？"

"不好意思，这次任性地做了决定，弄成这样不上不下的。实在对不起。"

"我们家花音说，如果不是老师教，她就不学了。"

"……什么？"

"不知道能不能请您继续教下去？"

"那个，比我好的老师还有很多啊。"

"花音说讨厌其他老师。她也讨厌去学校。皆川老师是她唯一的一位老师。您能继续教下去吗？一周一次也没关系。"

花音平日都沉默寡言，完全不知道这个女孩心里在想什么。她对自己的信赖真是出乎意料。

七海的眼泪都要溢出来了。

"嗯，好。我明白了，只要我能帮上忙。"

"真的？实在不好意思，向您提出了无理的要求。那就拜托您了。"

于是，只有花音的家庭教师工作持续了下来。

结婚典礼这一天终于到来了。

隐瞒了父母离婚的事，请人代理出席，自己轻率地做出这种选择，伴随着这些谎言开始新的人生……后悔与不安交织着涌上心头，七海完全没睡着。人生中或许再也没有比这一天更希望尽早结束的日子了。

八月八日星期六，本来是个吉利的日子，却酷热无比。早上九点，铁也来到雪谷迎接七海。两人从那儿搭乘包租的汽车前往东京站前的礼堂。在工作人员的指引下，两人分别进入预先为他们准备好的化妆室。只剩七海一个人了，她马上登陆 Planet 检查短讯。果然有安室发来的短讯。

@AMURO_0079
二十位代理出席者全部进入会场啦!
回忆重现的人员十点集合。

七海立即精神抖擞，那心情简直像自己成了一个狂热的恐怖分子。在婚礼这个隆重的舞台上，自己究竟要做些什么呢？一边考虑着这些事情，一边不知不觉化好了妆，换上了礼服。穿上婚纱的七海在服务生的照料下向着小教堂走去。她无心欣赏自己有生以来第一次穿婚纱的样子。

小教堂里，换好礼服的铁也已经在里面等着了。看到穿着婚纱的七海，他虽然夸奖道，啊啊，太漂亮了，脸上的神情却不怎么喜悦。

怎么了？有什么事情暴露了吗？

七海后背瞬间冒出冷汗。这时，七海的父亲出现了。

"啊，你好，你好。"

父亲的声音沙哑得厉害，好像是因为紧张，口中干涩。父亲和母亲都是同伙，已经对他们说过代理出席的事情。父亲必须在介绍亲属的环节，挨个介绍那一位位假亲属。自己让父亲背负上了额外的工作，真是个不孝的新娘。

彩排开始了。一位头衔为婚礼统筹师的工作人员介绍了仪式的流程。首先是新郎入场，接着是父亲和新娘入场。七海和父亲一起走过红毯，然后被交到新郎铁也手中。父亲的任务到这里便结束了。

"那么，父亲大人请去休息室。"

父亲在另一位工作人员的引导下，动作僵硬地离开了小教堂。之后还有亲属介绍的环节等着他。希望能顺利地应付下来，不要露馅。

"新郎新娘请面向这边并肩站着。典礼正式举行时，牧师会指示两位的。"

听完一整套流程的说明，两个人的彩排也结束了。婚礼统筹师引导他们向化妆室走去。两人会在这里单独待上一会儿，等待正式的仪式开始。或许是不知怎么打发时间，铁也掏出手机，开始摆弄起来。七海看着镜子。镜子中的自己穿着婚纱，终于有时间平心静气地看看自己这身装扮了。但是她怎么也没有办法品尝喜悦，心中充满紧张和不安，还有后悔。她试着对着镜子挤出一个笑容，但脸颊发硬，怎么也笑不好。看看铁也，他正投入地玩着手机。新娘回头看他，他连个反应都没有。

"有点紧张啊。"七海冲着他说道。

"哦。"

铁也没什么兴致地回应道。

"你还好吗？"

"什么？"

"不累吗？"

"不，啊，还行……你呢？还好吗？婚纱沉不沉？"

"还好。出乎意料，根本不觉得沉，很轻。"

铁也好像在思索什么，突然阴郁地小声嘀咕了一句：

"知道 Clammbon 吗？"

七海紧张得喘不过气来。铁也又问了一遍：

"你知道 Clammbon 吗？"

"Clammbon？"

"你不知道？"

"……是宫泽贤治笔下的人物？"

"宫泽贤治？"

"童话《山梨》里的。"

"你真了解啊。"

"因为我喜欢宫泽贤治。"

"是吗……"

"怎么啦……"

"有个账户名叫'Clammbon'的家伙在 Planet 网站上发牢骚，

被我看到了。那家伙好像最近要结婚。"

"是嘛。"

"不是你吧？"

"不是……"

"写了这种东西，什么'在相亲网站上交了一个男朋友。怎么说呢，简简单单地就到手了。就像在网上购物，简简单单地点击一下就行了'。"

"不是我……"

"那就好。要是被结婚对象发现了，肯定会离婚的。那个结婚对象真的好可怜。"

"你在哪里看到的？"

"想看看你那些跟帖者的留言，结果发现这家伙出现了好多次。不知怎的，感觉某些时期和我们很相似。"

"那可不是我。"

"我们也是在网上认识的……嗯，是那样的。我们一定会幸福的。"

七海脑中一片空白。又对他撒了一个巨大的谎。至少在这一点上，还是真诚地和他道歉为好吧？不行，他刚才不是说了吗，"肯定会离婚的"。要道歉的话，起码日后再说吧。现在要是惹得他发火，结婚典礼的一切就白费了。

化妆室里的两个人陷入了漫长的沉默，怎么也不见工作人员进来招呼。铁也起身去了洗手间。七海趁机拿起搁在化妆台上的手机，点击进入 Planet 页面上 Clammbon 那熟悉的时间轴。

啊，这个账号不能再用了。

这个依依难舍的账号上，积累了许多人际关系和朋友。所有的一切就这样结束了吗？一想到这里，七海就觉得十分遗憾。社交网络的联接是多么脆弱啊。即便不主动删除账号，只要不再发言和跟帖，这个人便消失了。

手机铃声响起，是安室发来的短讯。

@AMURO_0079

这边的准备完美无缺!

脑海中浮现出一句俗话，一不做二不休。七海想起了《哭泣的赤鬼》，想起了演了一出戏的赤鬼和青鬼，想起了似鸟。

工作人员推开了房门。

"让您久等了。接下来由我引导二位去礼堂。"

七海和铁也一起来到小教堂门前，父亲和佳也子等候在那边。佳也子细心地检查着铁也的仪容，在工作人员"请赶紧去座位上坐下"的催促下，匆匆从后门进了小教堂。风琴演奏的圣歌响起，门打开了。铁也向七海父亲轻轻点头示意，先一步入场。门再度关上。七海和父亲一起等待着出场的时刻。

"怎么样？没事吧？"

父亲问道。七海这才清醒过来。

"没事的。你会幸福的。一定要相信自己。"

你的不安，一眼就被看穿了。父亲用这种眼神盯着女儿，小小的眼睛里浮起一层泪光。

"想一想，时间过得真快啊。那时候你还是个小不点。"

各种各样的回忆在父亲的脑海中盘旋。

明明知道这时候必须集中精神，明明知道这时候必须要感动，明明知道这一刻必须要哭泣，明明知道这是充满喜悦的崭新人生开始的时刻。

"接下来是新娘入场，准备好了吗？"

一位女工作人员招呼道。父亲用大拇指擦了擦他的小眼睛，弯起一只胳膊。那位女工作人员抬起七海的手，搭在父亲的手臂上。门打开了。

对七海来说，要演上一生一世的狂言舞台的大幕拉开了。

在父亲的引领下，七海踏上红地毯。教堂里所有人的视线全都集中在她身上。七海感到一阵晕眩，一步一步踩在深红色的地毯上，简直就像赤着脚行走在针毡上，心中满满的都是抱歉。眼前笑着拍手的几乎都是没见过的人们，根本分不清哪些是真正受邀来的客人，哪些是代理出席的人。身边环绕着自己的谎言，真是万分抱歉，无地自容。后排的座位上出现了安室的身影，他微笑着拍着手。再往后的事情就记不清了。牧师朗诵《圣经》、两人的誓约、立誓之吻、交换戒指、在婚书上签字……记忆都是断断续续的，没有任何感动。那一刻，七海的脑海中充满了罪恶感，几乎处于饱和状态，什么也无法思考。

回过神来，仪式已经结束了。七海再次回到新娘的化妆室。工作人员口口声声夸赞着"真漂亮"，但一句都没进入七海的耳朵。

"您觉得热吗？您情绪还好吗？"

工作人员帮七海擦去额头上的冷汗，用扇子往衣襟那儿扇风。铁也在身旁摆弄着手机。

"要不要吃点什么？因为宴会上您是吃不了多少东西的。"

工作人员说道，但七海什么都不想往下咽，感觉吃点东西就会连胃一起吐出来。

宴会开始。门开了，新郎新娘入场。四周响起雷鸣般的掌声。聚光灯的照射让人睁不开眼睛。

铁也学校的校长担任证婚人一职，上台致辞。七海瞟了几眼和自己相关的桌席。座席表已经牢牢记在脑中。哪些人是代理出席者，现在记得清清楚楚。原来还担心要是随便找些打工的学生来填位置该怎么办，现在看来，年龄和性别都有均衡的分配，想看穿这些亲属是假扮的还真不容易。完成了完美部署的安室正一手拿着啤酒瓶，大胆地走到新郎那一方的酒桌上劝酒。

但是……

还有比这更令人遗憾的场景吗？和新郎新娘没有任何关系的人们，围在桌旁默默地吃着豪华大餐。七海的口中发出深深的叹息。

宛如人生最隆重的舞台被一群恐怖分子攻占了一般。不，将他们比作恐怖分子实在太过分了。他们并不坏，请他们来这里的不正是自己吗？七海再次看了看会场，六人一桌的桌子摆满了狭窄的会场。再减些桌椅也完全不成问题。

早知道就不请什么代理出席了！

七海后悔得眼泪都流了出来。她擦拭泪水的一幕被会场中的摄影师捕捉到了。

七海怨恨起了安室，还有介绍她认识安室的那个从没见过面的叫兰巴拉尔的网友。总之，她现在只能祈祷宴会尽快平安无事地结束。

宴会最后的高潮就是那个助兴节目。安室扬言会完美地照搬回忆重现公司的服务，关于这一点，不得不佩服他的天才。那真是一个令人感动的节目。

"新郎新娘向父母敬献花束。"

司仪的声音响彻整个宴会厅。接着背景音乐响起，是巴赫的《G弦上的咏叹调》。

七海和铁也从工作人员手中接过花束，两家的父母在会场一角站成一排，突然，一个手拿捕虫网、头戴稻草帽的少年从黑暗中走出，来到铁也父母面前。

"爸爸，妈妈，我是铁也。"

突然发生的事态让会场骚动起来。看着出现在眼前的少年，两家的父母十分困惑，苦笑起来。

"我们家原本是农民，所以每天吃的米饭非常非常好吃。到了夏天，到处都是青蛙呀小龙虾呀，我抓了带回家，结果被妈妈训斥：快送回去。到了春天，我和爸爸妈妈还有爷爷奶奶一起插秧种田，非常开心。中午休息时吃的饭团实在太好吃了！"

铁也的父母呜咽起来。少年表情丰富地表演完后往回走，和接着出现的少女击掌呼应，交换演出任务。少女来到七海的父母面前。

"爸爸妈妈，我可以去隔壁的美智家玩吗？美智和我年纪一样，都是独生女，所以我们经常在一起玩。我们俩都不会翻转上杠，爸爸和妈妈，还有美智的爸爸妈妈一起帮忙，到了休息日，拿着晾衣杆当单杠让我们练习。晾衣杆容易弯，不容易翻上去。你们手上起了一堆茧子，有时妈妈不小心手滑了，晾衣杆掉到了地上，我哧溜摔了下来，真的好疼啊。托你们的福，我和美智都会翻转上杠了。爸爸，妈妈，谢谢你们这么支持我，关心我！"

不知父母是以怎样的心情听着这番话的。仔细一看，他们两人都泪眼汪汪的。七海怀疑起了自己的眼睛。骗人。他们俩明明没有这份回忆。

少女离开了，接下来出现的是中学时代的铁也。

"上中学的时候，比起学习，我更喜欢社团活动。在棒球部，我是四号位的投手。要是说什么不受女生欢迎，那是撒谎。有一天，我拼命滑垒时，不小心腿部骨折了，被抬进救护车送去了医院。妈妈在医院里放声大哭，真是不得了。爸爸开车去医院接我回家。我靠着爸爸的肩迈步，突然注意到不知从什么时候开始，爸爸的个头变小了。爸爸说，'你长大了呀。'……对，是因为我长大了。我才意识到自己的身高已经一米八了。"

大概是受《G弦上的咏叹调》的渲染，会场充满伤感的氛围。到处可以听见抽抽搭搭的哭泣声。接着出现的是学生时代的七海，深蓝色的西服夹克配胭脂色的绸带，格纹短裙配深蓝色的短袜，完全再现了七海高中的校服。这究竟是从哪里查到的？连发型也和七海高中时期一模一样。但是，那说话方式和表情，和七海既像又不像，毕竟是有专业演技的人。

"初中和高中时期，我的学习不算好也不算坏，是个平平常常的学生。成绩单上的评价都是中等。没有什么人生目标，就这样茫然地过着普通的学生生活。有一天，爸爸和妈妈对我说，这样下去的话，你就考不上大学了。这句话瞬间让我醒悟过来。我开始拼命看书，成绩不断提高，最后竟然考上了理想的学校。无论是炎热的日子还是寒冷的日子里，妈妈每天都早早起来帮我做便当。我从来没有说过什么感激的话，不过心里一直想谢谢你们。真的万分感谢！"

做便当的事也是撒谎。明明没有做过，为什么还装模作样？妈妈不断地点头，好像那些故事就在她的记忆中似的，还不时地发出呜咽。

学生时代的七海离开后，终于轮到他们自己出场了。真正的铁也和七海站在各自的父母面前。背景音乐从《G弦上的咏叹调》变成了门德尔松的《乘着歌声的翅膀》。工作人员将麦克风递给他们俩。聚光灯照在铁也身上。

"现在我当上了一名老师，然后遇到了一位叫七海的女孩。"

铁也转过身，聚光灯顺势转向七海。七海必须要说出自己的台词。究竟该说什么呢？糟了，台词彻底飞出了脑海。

看到七海支支吾吾的，铁也先说了台词。

"七海也是老师，后来遇到了我。"

这是个暗示。那是自己的台词。七海慌忙重复了一遍。

"我也是个老师，后来遇到了铁也。"

"我们俩都还不够成熟，还请你们温暖地守护我们。"

"我们做事都还不够周到，还请你们多多关照。"

舌头稍稍有些不灵活，但终于把自己的台词说完了。会场响起了雷鸣般的掌声。虽然七海心中一直在念叨早点结束，在那一瞬间，也被会场上的氛围感动得涌出了泪水。身旁的铁也淡淡地苦笑着。

宴会迎来了一个令人感动的结尾。

第八章　巧克力

蜜月的佛罗伦萨之旅并不是那么美好。在美术馆里看见真正的大卫像，铁也讽刺道："这家伙，背肌根本没有好好锻炼。"去了铁也一直想去的 La Specola 人体蜡像博物馆，里面的蜡像太过真实又怪异，七海看了感觉很不舒服。梳着辫子、腹部被切开的少女的神态，直到返回日本，还久久不能从脑海中消失。

新家的附近就是驹泽公园，正适合铁也周末跑步。一圈大约两公里。铁也每次跑上四圈，而七海跑一圈就没力气了。

铁也晚上也很强悍，这是指性爱方面。一次绝对不会结束，非得两次才行。而且完事后，他在睡前必定要喝生鸡蛋和蛋白质粉。

"蛋白质会不够的。"

这简直就像是运动员，似乎把做爱当作了一项体育运动。他的论点是，他可以若无其事地和别人谈论性爱，因为性爱本来就是单纯的繁殖行为。他根本不明白人们何以要隐瞒性事。

"原本以生孩子为目的的性爱即便在屋外进行，也不该受到指责。如果有人要指责，那和否定人类的未来没两样。说起来，不知为什么会变成这样偷偷摸摸背着人。一定是古人除了自己的伴侣以外，还和不少人做。什么外遇什么私通，这些事说到底只能偷偷摸摸进行。一定是那种不正经的男女太多了，不知从什么时候开始，偷偷摸摸的性爱才成了标准。"

他瞪着略微充血的眼睛，躺在床上说出这番话。如果他说的是对的，那么在背着人的性爱成为标准之前，男男女女在人前就可以亲热，不过她从没听说过这种事。比起这些，七海更担心他会不会什么时候把自己也带到屋外去，在人前做那种事。只要想一想，就怕得不得了。

好像感觉有什么不足似的，像是爱得不够多。

有关 Clammbon 的话题只出现过那一次，但七海觉得好像是那个原因导致他一直疏远自己。也许只是她多心了。他原本就不是很体贴的性格。说不定是因为有内疚的念头，才感觉他在疏远自己，又好像是自己在疏远他。事情越发变得扑朔迷离。

因为这件事苦恼了好几个月，一天下午，七海拖着吸尘器打扫屋子，从壁橱下方扫出了一只女人的耳钉。

七海浑身的汗毛都竖了起来。

铁也有外遇？究竟发生在什么时候？自己不在家的时候吗？

铁也不在家的时候数不胜数，但有过自己不在家，让铁也看家的时候吗？新家装修好后，从来没有女人登门。这个家连铁也的母亲都没来拜访过。七海猜不出对方是谁，但也没有勇气问他本人。

这种时候，七海想到了安室。

试着给他发了短讯，回复马上就来了。如果要见面，这里怎么样？他发来青山一家餐厅的链接。地点在哪里都无所谓，七海只想尽快知道结果。

她略微提早一点到达了约定的地方，安室已经在那里了，他还有客人。注意到七海，他匆忙结束了与前一位客人的谈话，把座位空了出来。前一位客人是位五十岁上下的女子，不知道两个人在谈什么。她起身向七海深深鞠了一躬后离开了。

"没关系吗？是我来得太早了。"

"啊，没关系。"

"您和刚才那位说的是……"

"只是一些闲聊。看时间还有富余，就给她打了个电话，结果马上过来找我了，就这样没完没了地唠叨无聊的话题。所以一定要妥当安排好下一个约会的时间，不然就没完没了。"

服务生过来收拾桌子。安室续了杯咖啡，七海点了杯格雷伯爵茶。

"要点些什么吃的吗？"

"啊，可以啊。"

服务生递过餐品的菜单。七海瞥了一眼，看到了饮料那页的价格，这家店一杯咖啡和红茶就要一千日元以上。

"安室你呢？"

"我就算了。"

"啊，那、那我也算了。"

虽然腹中空空，但七海心想也不必在这里吃东西，决定忍一忍。

"那么，来个蛋糕套餐怎么样？我请你。"

"呀，不用，不用这么客气。"

"没关系的。别客气，因为我从刚才那位老太太那儿挣了点零花钱。你要谢的话，就在心里谢那老太太吧。想吃点什么？"

在安室的强行劝说下，七海点了一份一千六百日元的栗子蛋糕。和价格不符的栗子蛋糕送上来了。送进口中那一瞬间，七海的表情被安室看在了眼里。

"真的吗？有那么好吃吗？"

"真的。我有生以来第一次吃到这么好吃的东西。"

"是吗？不过，这里的东西的确好吃。刚才那位老太太也和我说过这一点。她可是一流大企业会长的夫人。嗯，老太太的话题就算了吧。新婚生活怎么样？"

"该怎么说呢……"

七海脸上露出愁容，往杯子里倒红茶。

"啊，香气真好闻。这里的格雷伯爵茶也很棒。"

"真的吗？"

七海试着喝了一口。

"啊，好喝！"

"正好吃过了甜品，格外美味吧？"

"是的。"

红茶的苦味和栗子蛋糕的甘甜在口中相融。七海不由得体味到了一种幸福的感觉。

"能体会到这种味道，实在是不得了。我也是最近才体会到。起初我都不明白什么才是美味。"

"真的吗？不过的确美味。"

七海坦率地这么想。

"最近你都不发帖了。我有点担心呢。"

"我换了账号。对了，我给你发邀请。"

七海掏出手机，向安室发送自己账号的邀请。安室用手机接收了邀请。他读出了上面的账号。

"康培内拉。"

"出自《银河铁道之夜》，因为我喜欢宫泽贤治。Clammbon 也是宫泽贤治作品里的角色。"

"嗯。账号变了，发生了什么事情吗？"

"没有好好考虑，就任性地把什么都发了上去，结果被他看到了。"

"我也想任性地发到网上啊。"

"虽然坚持说不是我，但他大概已经怀疑我了，不知从什么时候开始，一直在疏远我。"

"莫非是常说的婚前抑郁症？"

"如果是就好了。"

七海从皮包里取出叠得小小的纸巾，打开来，是那只耳钉。

"这是从橱柜下面扫出来的，怎么看都是女人的耳钉。"

安室拿过来，放在手心上仔细端详。

"啊，是耳钉。"

"这么说，那个……"

"明白了。也就是说，你想进行外遇调查，是吧？"

"是的。是这么回事……只是我想先了解一下价格。这种调查一般需要花多少钱？"

"一般的调查一天三万日元，根据具体要调查到什么地步有所区别，普通案子平均下来，行情是五十万到一百万。"

"……一百万，太贵啦。"

"不过因为你是兰巴拉尔的朋友，我会给你折扣的。一口价三十万日元，怎么样？再便宜就做不了了。"

"三十万也很贵啊。"

"可以分期付款。有钱时就一点一点还给我，因为你是兰巴拉尔的朋友。"

可以分期付款一点一点还的话，七海决定拜托他进行调查。

走出餐厅，两个人走在银杏树的林荫道上，安室抬头望着天空。

"白天越来越短了呀。"

"是啊。"

安室突然站住，把一个红盒子递给走在身后的七海。

"你喜欢巧克力吗？"

"嗯？喜欢呀。"

"拿一个吧。"

"……"

七海从盒子中拿出一块巧克力放进嘴里。安室又慢慢地往前走去，七海跟在他身后。

"不过，虽说是结婚了，但男人和女人并不会就此变成另外的生物，所以对婚姻生活不要过于期待，这一点也是很重要的。"

"就算丈夫有了外遇，也要忍耐，你说的是这个意思？"

"直白地说，说不定就是那样。哎，男人也好女人也好，永远都很麻烦。"

"也许是吧……我妈妈就是和年轻男人私奔了。"

"这是常有的事，因为母亲说到底也不过是个女人。打个比方，如果我有那种想法，皆川你肯定会在一个小时之内落到我手里。"

"呀，你还真够自信的。"

"这不是自信不自信的问题。如果你的情感堡垒被我攻陷，那不是我的原因，是你自己主动沦陷的。"

"怎么说呢？"

"你自己有这种念头，才会沦陷。"

"是指对你有想法吗？"

"不，别在我身上纠结。啊，再来一颗巧克力吧。"

安室停下脚步，走在他身边的七海也站住了。

"你注意到了吗……这个距离。"

安室用指尖示意了一下。不知不觉中，两个人走得非常近，几乎碰在了一起。

"是你缩短了这个距离。"

七海不由得往后躲开了一步。

"是想依靠某个人吧？因为你的心没有被填满吧？"

七海大吃一惊，好像连自己都没有意识到的想法被他说中了。

"你最好当心一点。"

七海不知道该怎么回答他。

"那么，我在这里告辞了。"

安室转过身，向着来路走去。七海眯着眼，目送着安室的背影。从高楼间落下来的阳光非常刺眼。

第九章　外遇

@康培内拉

顶多是个猫舌头①，那又怎样！

辛辛苦苦做了味噌汤，那人竟然噌地把水倒了进去。

把别人辛辛苦苦做的食物当什么了！

对这个人来说，食物端上桌是理所当然的。

至于花费了多少工夫，他根本不放心上。

这样不讲理的婚姻，还能忍受吗？

不清楚究竟是为了什么，要和这样的人生活在同一屋檐下。

为什么不得不为这种人准备晚饭？

大家都向往婚姻，可究竟有多少人能找到真正的幸福？

已经不需要白马王子了，我只想要我自己的青鸟！

---

①指像猫一样，不喜欢吃热食的人。

打了这么多字，正准备发送，突然没心情了。七海删除了好不容易写下的留言。最近这样的情况发生了很多次，连自己都不明白究竟是为了什么。被人说三道四让人心烦，被人看到也让人心烦。有时候即便没有把文字发出去，光是打打字，心中的郁愤就能消除，因此康培内拉这个新账号塑造了一个沉默寡言、人际交往不佳的形象。

七海开始洗衣服，一边洗一边想，过去的家庭主妇一定是通过做家务来发泄烦恼吧。

和安室见面后过去了一个月，他没有任何联系。最初七海焦躁不安，还没消息吗，还没有吗？最近茫茫然的，好像完全忘了那只耳钉的事情。说不定就这样忘了更好。有时她甚至这么想。

下午，开始下起雨来。七海赶紧去阳台把晾晒的衣物收进屋里。雨越来越大，就在这时，门铃响了。难道是快递来了，她看了下门禁监视器，屏幕上出现了一个穿着西服的年轻男子。

"谁啊？"

"不好意思，请开门。"

"什么事？"

"有关您家先生的事情。"

"……什么？"

"您先生是叫鹤冈铁也吧？"

"是的。"

"他和我女朋友搞外遇。"

一瞬间，脑子里空白一片，全身的汗毛都竖了起来。七海不禁问自己，这个人究竟在说什么？

"什么？你说什么？"

"他和我女朋友搞外遇。您家的先生。您不知道吗？"

"不知道……"

"我要和您好好说说。能让我进去吗？雨越下越大了。"

"嗯……啊……"

"喂喂？"

"……"

"喂！喂喂？"

"啊，在。"

狼狈的七海不由自主地按下了开启键，打开了房门。

"呀，我可以进去了，是吧？我可以去您府上拜访吗？"

"啊，不，那个……"

男人的身影消失在画面中。过了一会儿，玄关的门铃响了。七海打开门，防盗链还挂着。那个男人站在门前。

"请问您有什么事？"

"什么事？刚才不都已经说了吗？就在这里说吗？我是没关系，但说不定会被您家的邻居听到哦。"

事到如今，只能取下防盗链，让男人进屋。七海颤抖的手指碰到防盗链，发出叮叮当当的响声。男人穿了双看起来很难脱的短皮靴，站在狭窄的玄关里脱鞋的时候，不小心失去平衡，碰倒了伞架。

"啊，对不起！"

男人跪下准备把伞架扶正时，看到一把黑色的男用雨伞，突然停下了动作。

"啊，没事，我会收拾的。"七海说。

"这是您先生的伞吧？我连碰都不想碰。"

七海感受到了男人的怒气，瞬间感到毛骨悚然。

"啊……就那样吧。别管了。"

男人对伞置之不理，脱了鞋走进屋。

"屋子里有点乱，抱歉了。您要喝茶吗？还是喝咖啡？"

"您别客气了。我不会待那么久的，不用担心。"

男人环顾四周，仔细地一样样观察屋子里的东西。

"不错的房子嘛，好像有些爱巢的意思，还是说幸福就是这样？"

七海完全不知道该怎么回答。男人终于在沙发上坐下。

"有您先生的毕业相册吗？"

"毕、毕业相册？"

"大概五六年前的相册，不知您先生还有没有？"

"我去屋里找找看。"

七海走进铁也的房间，看到书架上放着毕业相册，她抽出几本符合条件的相册，拿到了客厅。

"是这个吗？"

"还真有啊。是嘛。能给我看一下吗？"

男人一册一册地翻开来看。

"啊，在这儿在这儿。就是她。田畑优香，是您家先生的学生。"

"这位就是您的女朋友？"

"是的，听说是去年在同学会上和您家先生重逢了，然后就开始了邮件往来，渐渐地开始深入交往。"

"真糟糕。"

"夫人，现在不是说什么真糟糕这种闲话的时候吧？可以向学校告发吗，还是说撒传单让学生们都知道更好？"

"那个，不，等等……请等一下。对了，您喝茶还是咖啡……"

七海进了厨房，准备往咖啡机里搁豆子，手却抖了起来，咖啡豆噼里啪啦全撒在了地上。她蹲下身想捡豆子，突然眼前一暗，是贫血的症状。

男人过来探头看了看。

"您没事吧，夫人？"

七海抬不起头来，蹲在地上勉强点点头。

"要不扶您去躺一会儿？"

男人牵起七海的手，扶她去了沙发边。七海陷进沙发中。贫血好转了，可还是头晕。受不了男人靠得太近，她抬起双手遮住眼睛。

"啊，我没事了，已经没事了。"

"知道了。知道了。"

男人一直盯着七海看，终于啪地拍了下她的肩膀。

"今天先回去了。"

说着，他准备老老实实地回去。

得送他出门，七海摇摇晃晃站起身来。

"啊，您躺下休息吧。"

"啊，那个……不好意思。我好像太吃惊了，什么都无法思考。还请您别把事情搞大。"

"我考虑考虑。"

男人从口袋中掏出名片，有些轻佻地塞进七海的围裙兜里。

"我姓高岛，请记得给我打电话。不理会的话，就不知道会闹出什么来啦。请务必电话联系我。我等着。那么，打扰您啦。"

男人打开房门，一阵猛烈的狂风突然刮了进来。还来不及眨眼，男人就关上了门。风刚起就止住了。七海蓦地奔到门后锁上锁，挂上防盗链。

然后，她蹲在了那里。

刚才那究竟是怎么回事？我的人生究竟发生了什么？像是电视剧的情节，居然发生在自己的生活中，怎么想都难以相信。

看了看四周，雨伞散落在玄关。男人来的时候弄倒后，就那样一直放着。七海拾起雨伞，放回伞架。铁也的雨伞、自己的雨伞、铁也的雨伞、塑料伞、塑料伞……

"我回来了。"

听到铁也一如往常的声音，七海回过神来，这才注意到自己一直呆呆地坐在沙发上，一任时间流逝。她起身去玄关迎接。

"回来啦。晚饭吃了码？"

"我不是说了吗，今天吃了饭才回家。"

"嗯，只是问一下。"

七海尽量装出平静的样子。

"喂，这是怎么了？这一地的咖啡豆。"

铁也看到散落在地上的咖啡豆，吓了一跳。

"啊，想泡杯咖啡来着，结果身体有点不舒服。"

"没事吧？"

"没事了。可能有点贫血。"

"是吗。啊，算了算了，我来弄我来弄。你就坐在那儿。"

他把准备蹲下捡咖啡豆的七海按回了沙发上。

"之前忘了说，下周有场法事，我爷爷的三周年忌。周六周日有空吗？"

"我没事的。"

"记得空出来呀。"

"没事，我一直在家里。"

"无聊吗？"

"不。"

"开心吗？"

"嗯。"

"幸福吗？"

"当然了。"

什么？回过神来，刚才这段对话已经在脑海中消失无踪。刚才究竟说了什么？或者说，现在必须说点什么吗？七海的意识错乱了。对了，今天来了个奇怪的男人。这件事得说一下。不，还是不说好吧？该怎么办？到底说还是不说？那男人来家里究竟说了什么？

外遇。

想到这里，头脑又是空白一片，身体无法动弹。七海看着铁也。他正在捡咖啡豆。

这个人有外遇了？为什么？

眼泪好像要流出来了，可不能让他看到。要是被问起流泪的原因，七海现在还没有勇气回答，还不能面对着他说出：那是因为你和女学生搞外遇。要是说了的话，生活中的一切说不定会全部失去。七海站起身，躲闪着铁也的后背，向卧室走去。

"你没事吧？"

铁也的手摸到了七海的背。七海浑身一阵发冷。

"我去躺一会儿。"

"啊，好。"

就算钻进了被窝，全身还是汗毛直竖。苦涩的叹息吐了又吐，就是停不下来。双手无意识地插入围裙兜里，回过神来，七海的手不动了。兜里有个硬硬的东西。拿出来一看，是那个男人的名片。

高岛 YUUJIN。

YUUJIN 为什么不用汉字来写呢？七海脑海中忽地闪过这个疑问，不过又想，这种事情随便怎样都好。她将名片塞进兜里，仰望着天花板。

虽然有许许多多不满，不过这还是个和睦的家庭。已经回不到和睦的状态了吗？想着想着，眼泪不由自主地流了出来。

七海躺在床上想东想西，时间不知不觉过去，到了铁也就寝的时候。

"还好吧？"

铁也钻进被窝，从背后抱住七海。七海全身泛起鸡皮疙瘩，有点想吐。铁也一旦开始，不折腾两次是不会结束的。

"今天有点不舒服，有点难受。"

"知道了。"

铁也看起来像是放弃的样子，不过他的手继续抚弄着七海的胸部。对这个人来说，自己仅仅只是性欲的发泄渠道吗？想到这一点，七海就直恶心。终于，身旁响起了鼾声，真是个漫不经心的人。

七海没有一丝睡意。窗户慢慢变亮了，她终于放弃了入睡的努力，提前起床开始准备早餐。真没有意义。为什么要为这种人做这些事情呢？七海拼命地忍耐着。

铁也嘟囔着"好吵啊"，起床了。

"对不起。因为昨晚睡得早，早早就醒来了。"

"那也不该一大早就在那里丁零咣啷的，吵死人了。"

"这是在为你做早饭！"

七海不由得大声喊了出来。

铁也吓了一跳，呆呆地看着七海。对他来说，无疑是第一次看到妻子这样的表情。

"怎么了？你怎么了？"

"没什么。"

"生什么气？"

"没什么。"

七海低下头撕着生菜。铁也有些不满地去洗脸。他生气了，怎么办？不过，大声喊叫的人不是我吗？七海心头涌上了些许勇气。

铁也吃过早饭，七海送他出门去上班。上午十点左右，她犹豫了很久，终于给高岛打了电话。

"啊，昨天实在抱歉。对不起，追到了贵府。"

高岛说话的声调明朗快活，没有一丝阴郁，这让七海感到很困惑。

"没什么。接下来该怎么办才好呢？"

"我觉得首先要冷静下来，一起好好商量一下，您觉得呢？"

"是啊。"

"这个手机可以发短信吗？"

"啊，可以的。"

"那么，定下见面的时间和地点就发给您。今天能见面吧？"

"没问题。"

电话挂断了，五分钟后收到了高岛发来的短信。见面时间是下午两点，地点是品川区高轮一家高级酒店的一个房间。

离约定的时间还早，但是怎么也静不下心来，七海早早出了家门。想在品川车站提前吃午饭，走进车站大楼的餐厅，但光是看着菜单就想吐。试着点了杯红茶，却连一口都喝不下。到了十二点，吃午餐的客人陆续增多。七海想避开众人的视线，起身离开了餐厅。

试着在车站附近走了走，但不管做什么都无法转移心情，只能提前去约定的酒店，在一楼的休息室里打发时间。即便眺望着美丽的庭院，七海也只能发出痛苦的叹息。

一点五十分，略微有点早，不过还是试着去房间看看。七海敲了敲门，高岛探出头张望。

"来了啊，请进。"

"啊，好。"

七海进入房间。大大的双人床映入眼中。在高岛的劝诱下，七海在窗边的椅子上坐下。

"不好意思，招呼您来这种地方。"

"没什么。"

眼前的桌子上摆着喝了一半的红酒杯和酒瓶。烟灰缸上堆满了烟蒂。

"房间乱七八糟没收拾，失礼了。您来得稍微有点早啊。"

高岛收拾了烟灰缸，用纸巾擦拭了桌上散落的烟灰。七海在楼下休息室打发时间时，莫非他也待在这里？要是一个小时前就上来，说不定现在已经在回家路上了呢。想到这里，七海不禁有些后悔。究竟会有怎样的回家之路在等着自己呢？他会原谅自己的丈夫吗？自己要离婚吗？

无意识吞下的唾液在喉间发出咕噜声，把七海吓了一跳。

"要喝点什么吗？这里有红酒之类的。"

"不，不用客气。"

"我正喝着呢，不喝一点可撑不下去。"

说着，高岛又拿过一个杯子，倒了点红酒，递到七海手中。

"我和她分手了，和优香。"

"什么？"

"只要一想到她被别的男人抱在怀里，我就感觉不舒服。已经不行了。立不起来了。夫人也不能原谅您先生的所作所为吧。是不是有想杀了他们的念头？"

"是啊……"

"真的？还是无所谓了？"

"也不是……"

"不管怎样，您先生必须好好做出赔偿。对我赔偿，对夫人也要赔偿，是吧？那家伙必须好好赔偿一番吧？"

"让他赔偿，怎么赔偿……"

"夫人想怎么赔偿？"

"这种事情……我想都没想过。"

"我考虑过赔偿费的事情了。"

"赔偿费……"

"五百万左右吧。要是他拒绝，就威胁他要去学校撒传单。您觉得怎么样？"

"……没有这么多钱。"

"这样啊。也给夫人添了不少麻烦呀。从您先生那里拿赔偿费，和从夫人这里拿赔偿费是一样的吧？"

七海模棱两可地点点头。她注意到自己双手在颤抖，猛地用力握住。

"其实，还有一个办法，我也想过。"

"什么办法？"

"夫人用身体来赔偿。"

"什么？"

"我呢，决定通过这个办法把一切忘得一干二净。这怨气就撒在夫人身上。之后呢，随便夫人对您先生要杀要剐都行。怎么样？这是个好办法吧？"

"不，这太荒谬了吧？"

七海说着就要站起身，高岛一把抓住她的手腕，力气非常大。看来逃不掉了。怎么可能逃掉呢。

"呀？那么您要付赔偿费吗？"

"不付。不是说要去学校撒传单吗？我觉得这个办法不错。"

"真的？这么一干，您先生可就完了。"

"我根本不在意，请您随意吧。"

"您再冷静地好好考虑一下。这么一来事情解决了，夫人不也得到了好处吗？夫人也不想把事情闹大吧？当然，您先生是不能原谅的。不过和平安稳的日子被弄得乱七八糟，会更让人头疼。这不是您的真心话吧？"

七海浑身抖个不停。这个人究竟在说些什么，半点都无法理解。总之，有没有什么方法先从这里逃出去呢？

"就算是背叛了您先生，但这么一来，不也是相互打了个平手吗？不也可以说一切恢复原状了吗？我说过，不会做坏事的。我们是被害者同盟啊。"

不管他说什么，七海都无法理解。总之只能想办法离开这里。

"我可以去一下洗手间吗？"

好不容易才想出了这句话。高岛愣了一下，停了下来。

"啊，您请您请。"

他殷勤地将七海带到洗手间，还不忘查看一下能否从窗口逃走。

七海关上门上了锁，还是禁不住从窗口看了看。这是六楼。窗外只能看到垂直而下的墙壁，也无法纵身一跃跳到对面的大楼。

"怎么办，怎么办？"

七海蹲在瓷砖地上，慌得脸皱成一团，眼泪溢了出来。现在不是哭的时候，必须想办法做点什么！

七海掏出手机，寻找安室。

> @ 康培内拉
>
> 安 AMURO，你现在在那里？
>
> 在哪里？
>
> 救命啊！

手直发抖，接连打了好几个错别字，但管不了了。

> @ 康培内拉
>
> 我现在在高轮的皇家酒店。
>
> 我在洗手间里写这些文字。

> @ 康培内拉
>
> 好像要被强奸了。

> @ 康培内拉
>
> 我先生外遇对象的男朋友说要见面。

因为他说有话要讲，就约在了这家酒店见面。

@ 康培内拉

没想到他说要用身体来解决问题，太可怕了，我暂时躲到了洗手间。

@ 康培内拉

现在在洗手间里。上了锁，他进不来。

七海一个劲地继续打字发短讯，一边打字一边祈祷着等待安室的回复。不久，自己发送出去的短讯亮起了已读的标识。终于，安室发来了回复短讯。

@AMURO_0079

你没事吧？

七海用力吸了一口气。太棒了！

@AMURO_0079

我就在附近。你一定要拖延时间。

@ 康培内拉

怎么拖延？

@AMURO_0079

就装作洗澡什么的。

洗澡？在这里？在这种时候？但是没有多余的时间犹豫了。七海略微打开浴室的门，探出头，声音颤抖地对高岛说：

"我可以冲个澡吗？"

"呃？啊，洗澡？您请您请。"

高岛漫不经心地回答。

"表情别这么恐怖。反正要做，开心一点嘛。"

七海立即关上房门，上了锁，拧开淋浴器的开关，调节热水的温度。这儿有浴巾吧？

"拖延时间，拖延时间……"

七海解开头发盘起来，方便淋浴。她慢慢地盘着头发，也没别的事情可做了。

"拖延时间，拖延时间。"

终于，只剩下脱衣服了。

"啊，怎么办才好。"

门把手咯噔动了起来。高岛想打开门。

"呀？怎么还上锁了？"

七海说不出话来了，连气都不敢喘。

"一起泡个澡，怎么样啊？"

七海死死盯着咯噔咯噔响个不停的门把手。终于，高岛好像死心了，离开了门旁。又像是有人在敲房门。是错觉吗？七海竖起耳朵仔细听。花洒的水声遮住了一切，不清楚外面是什么状况。七海看着手机。安室的短讯只有那几条，也没有新的。不管怎样，必须拖延时间。她慢慢地一件一件脱去衣服。可是，究竟要拖延到什么地步？虽然他说就在附近，但可能五分钟十分钟也赶不过来。这样一想，等待的时间好像没有尽头，七海不禁感到晕眩。思来想去，不知不觉中，衣服已经全脱光了。现在自己已经是全裸的状态。更大的恐惧袭上心头。要是门被踹开，那一切不就完了吗？光是想象这一幕就毛骨悚然。如果安室没有及时赶到，自己就要这样被他强奸了？眼泪止不住地流出来。怎么就把自己弄到这个地步，弄出这样的事情来了呢？七海一个劲地咒骂自己的愚蠢，站到花洒下面。热水哗啦啦地流过全身，不热也不凉。什么都感受不到，什么也无法思考。七海反复念叨着安室的名字。

突然，手机的提示灯闪了闪。七海慌忙从花洒下奔出来，用湿漉漉的手拿起手机。

@AMURO_0079

都收拾好了。

"什么？"

一瞬间，七海不知道这句话究竟是什么意思。

@AMURO_0079

请出来吧。

七海关上淋浴器的开关，突然感觉四周一片静悄悄的。出来吧，是指从这间浴室出来吗？或者说是从这个酒店出来？不明白这几个字是什么意思。她暂且先用浴巾裹住身体，用毛巾裹住湿漉漉的头发，一边窥探着房间里的情况，一边小心翼翼打开锁，悄悄地开了门。

那里站着的是安室。已经看不到高岛的踪影。

"我把他赶跑了，没事了。"

"……"

究竟是施展了怎样的魔法呢？七海身上的力气一下子消失了，当场瘫在地上，浑身颤抖不止。

"我送你回家，就在楼下等你。"

安室说完后离开了房间。战栗还没有停止，声音发不出来，眼泪也止不住。虽然心知让安室在楼下等待不好，可七海一时无法动弹。收拾好身上的一切走出房间，已是一个小时之后了。安室还是微笑着等在楼下。那笑容让七海安心，瞬间又让七海的眼泪决堤。简直是救世主，太感谢了，眼泪怎么也流不完。从极度的紧张中放松下来，引发了反作用，痉挛般的呜咽根本止不住。

"七海，冷静一下。戴上这个，慢慢地深呼吸。"

安室为了不让七海过度呼吸，让她把一个塑料袋罩在嘴上，进行深呼吸。七海慢慢地冷静下来。安室去自动贩卖机买了一瓶冰镇矿泉水，递给七海。

"给，一小口一小口慢慢喝下去。"

冰凉的水滑过喉咙，七海终于感觉自己活了过来。

安室开着自己的车将七海送回深泽的公寓。

"今天真的很感谢你。"

下车后，七海深深低下头，遮在脸上的头发还是湿漉漉的。

"没什么，别客气。快别这样了。过后我会寄账单给你的，这次是急件，稍微有点贵，没事吧？"

"不，当然没问题。"

"今后有什么事随时联系我，因为你是兰巴拉尔的朋友。"

留下一如既往的话后，安室离开了。

当天晚上，安室用邮件发来了账单，含消费税一共二十万日元。从被强奸的危机中拯救出来，这算便宜的了，不过是一笔吃力的开支。

第十章　彷徨

周末是铁也祖父的三周年忌。两个人租了辆汽车，经过东京湾海底隧道直奔木更津。行驶在海底隧道中，铁也说："真难以想象这是人类建造的啊。"

穿过长长的海底隧道，来到了海上大桥。东京湾突如其来地展现在视野中。

"有没有从空中看过这一带？这是相当了不起的建筑。突然出现在海面上，像一条线一样细，可是一直通到木更津哦。是谁创造的这一切？想想就可怕。要是在哪里突然断了，光是想象一下，就后背一阵发凉吧？"

"……是啊。"

七海只能冷淡地应答。酒店事件才过去三天，她的心绪还没有整理好，现在就要和鹤冈家的亲戚见面。看到这几天妻子不同寻常的表现，身为丈夫，不应该注意不到异常的变化吧。但是，这个叫铁也的男人一点挂心妻子的表情都没有，或许只是单纯地嫌麻烦，才无视一切。

汽车行驶在海底隧道中，铁也漫不经心地聊起了祖父生前的事情和鹤冈家的历史。

"我们家一直是当地的农民。从本家分了几支出来，分出来的几家也都住在同一个地方，所以那一带都是亲戚。大家全都姓鹤冈。去墓地更是一目了然，墓石上的姓氏几乎全是鹤冈。"

这种轻浮的态度是怎么回事？丈夫的态度让七海焦躁起来。

七海眺望着窗外的景色，深深叹了一口气。

越过海上大桥，进入木更津。在幽静的街道上行驶了一会儿，来到一片广阔的田园地带。距离东京一个小时的地方竟然有这样的景色，七海不禁回忆起故乡花卷。

"我们家是本家，本来我是必须继承家业的。不过母亲说，年老后想在城市里生活，所以让我在城市里工作。这都是为了给母亲上了年纪以后准备一个生活的地方。你对农业感兴趣吗？"

"什么？我没想过这些。"

"哦，也是。将来的事情，谁也不清楚。"

将来的事情谁也不清楚，今天暂且忍上一天吧。七海决定只有今天一天，在铁也的亲戚面前扮演好一个好妻子的形象。只有今天一天？现在不是已经在演了吗？就这样在铁也的面前演戏，明天也是，后天也是，不管什么时候都是。明明有外遇的是他，为什么自己反而要……这么想着，七海懊恼得眼泪都要流出来了。

到了寺庙，法事已经开始了。铁也和七海悄悄地跪坐在最后一排。铁也的母亲佳也子扭过头来瞥了一眼。七海慌忙低下头。佳也子温婉地微笑着，微微点头打了个招呼。

所有人依次上完香后，僧侣站起来行了一礼，一改诵经时低沉而磁性的声音，开始用少年般清澄的声音布道。

"诸位听说过有顶天吗？"

大家都点点头。

"有顶天，一般的说法是有了开心的事情，非常欢喜，当达到忘我境界的时候就是有顶天。本来是佛门三界中最上边的天，意味着有形世界中的最高场所。现世中辛苦再辛苦、积了很多功德的人，才能获得奖励去有顶天净土乐园。要说那里究竟是怎样的地方，应该说是没有一切苦难、真正快乐的地方。但要是被带到这样的地方，不管是谁都会堕落。不管积了多少功德的人也是这样，去了有顶天便会堕落，然后掉进地狱。"

人类不管多么努力，成为多么成功的人，被带到有顶天，还是会堕落，结局是掉进地狱。僧侣微笑着讲述这令人遗憾的结局。

扫墓过程中，鹤冈家的人都在继续谈论这个话题。有人说，这么一来，不是一切都没有意义了吗？不不，正因为有这样的结局，人才是平等的。也有人这样说。鹤冈家的人都喜欢讨论吗？总之，大家在上香期间始终在聊这个话题，和和气气的倒是不错，只是看起来都没有心思好好扫墓。做法事就是这样吗？

七海和铁也一起在祖父墓前供上香，双手合十。她在心中嘀咕：照料不周，还请多多谅解。

扫墓结束后，一行人离开了寺庙，开车去铁也老家。宴会开始了，女人们迈着熟稔的步子从厨房端出美酒和菜肴，不时混入男人们中间吃喝几口，又回到厨房。七海很难追上她们的步调。转着圈到每位亲戚面前敬酒，又被回敬，还不得不喝，而后再回到厨房收拾碗盘，送一瓶新的一升装的酒上桌。不知不觉中，酒劲上了头。等回过神来，她和铁也两个人被并排按在了上座，大家刨根问底地追问新婚生活。两个人都喝醉了，东倒西歪的，靠着彼此偎依在一起。一群喝醉酒的人觉得有趣，戏弄着他们。

"铁也，你胖了一点吧，因为新婚的幸福发胖了吗？"

一位叔父对铁也说。的确，结婚后，铁也胖了一些。大家逗趣说，是新媳妇的手艺太好的缘故吧。七海心想，其实在外面吃饭太多才是真正的原因。说到自己辛辛苦苦做好了饭菜，他却吃过了再回来的情况居多时，大家都替七海斥责铁也，说不吃媳妇亲手做的饭菜，到底在想什么。过了一会儿，铁也不想继承本家家业的事情又成了焦点。铁也自始至终嘿嘿傻笑着敷衍过去。不过亲戚们明确地对佳也子抱有不满。甚至有亲戚说，就是因为娶了出身城里的佳也子，本家才面临垮台的局面。也有人对七海说，趁着年轻赶紧学学怎么侍弄农活。

佳也子看着不知所措的七海，说：

"这种时候，你只要回答'好的好的'就可以了。"

这是嫁入鹤冈家的前辈的智慧吧？

"在大家面前被人这么说，就算是想做也做不出来了吧。"

七海心中的话，被一位亲戚说了出来。

夜深了，代驾的车子陆陆续续来了，大家三三两两地踏上了归途。二楼有铁也以前用来学习的房间。七海把被褥搬到那里，把酩酩大醉的铁也扶了上去，让他在床上躺下，接着在地上给自己铺了一套被褥。正准备要睡觉，佳也子探头进房间瞧了瞧。

"啊，您来了。"

"七海，可以打扰一下吗？"

七海慌忙站起身，脚下有些打晃，酒劲上头了。佳也子将摇摇晃晃的七海带到了里间的客厅，先让她坐下，自己隔着桌子在对面跪坐下，突然直截了当地问道：

"结婚典礼上出席的亲戚，都是假冒的吧？"

七海被这突然袭击弄得无言以对，瞬间清醒过来。这还是有生以来第一次体验到从醉意中突然清醒的滋味。

"看来真是这么回事。"

"……"

"真的呀。让人吓了一大跳。"

"对不起。想着亲戚实在太少了，面子上不好看……"

总之只能找借口道歉了。七海的大脑飞快地运转着，就是想不出好办法。

"面子是什么？我们家看上去是那种在意面子、在意体面的家庭吗？拼凑出一堆莫名其妙的亲戚，还让他们坐上桌，这不让人怀疑吗？"

"对不起。"

"还有，听说你父亲和母亲已经离婚了，是吗？"

"呃？啊……"

"听说你母亲现在是在长野？"

"啊，是。"

"听说是和年轻员工私奔过去的？"

"那个……怎么了？"

"为什么你要撒谎？连你父母一起撒谎？"

"嗯，没有……"

"打肿脸充胖子撒点谎，谁都干过吧？可是，对正在交往、今后要成为家庭一员的对象来说，撒这种谎是不是不太好……"

"对不起……一不注意就……父母也……稀里糊涂……我们是没有恶意的……对不起。"

"还有，这是怎么回事？你能解释一下吗？"

佳也子把自己的手机啪地搁在了桌子上。手机屏幕在昏暗的室内明亮地闪烁，上面是七海和高岛的照片。究竟是什么时候被拍到的？手机上清清楚楚显现出自己在高轮的酒店房间里和高岛密会的一幕。

"呃……"

"请好好解释一下。"

"这个人……关于这个人，我可以以后再说吗？还没和铁也说这件事……"

"和铁也说什么？说你和男人有外遇？"

"没有。"

"这不是外遇吗？"

"有外遇的是铁也。这个人是铁也外遇对象的男朋友。"

"又胡说八道。那么，这是什么？"

这次是视频。所有的一切都被偷拍了。

"呀？怎么还上锁了？一起泡个澡，怎么样啊？"

听到高岛的声音，七海都想吐了。

"这是怎么回事？"

"这个是……还请您让我和铁也说吧。可以的话，明天再说行吗？"

"你说什么！现在就在这里好好解释！"

"不……酒劲也上头了……没法好好解释。"

"七海，不用辩解了吧？"

"什么？"

"啊，伤脑筋，究竟可以相信你哪一点呢？你这种人让我觉得又可怕又讨厌，真的让人感觉很恶心。"

七海伏下身，抬不起头来。大颗的泪水接连不断地落下来。不断的抽噎引发了打嗝，怎么也止不住。这更让佳也子感到愤慨。

"居然打嗝！开什么玩笑！"

佳也子站起身，表情像鬼一般凶残，瞪着七海。

"现在就叫出租车来，你给我回娘家去！再也不准和铁也见面！离婚协议之后会寄给你，到时候你盖个章寄回来！"

没有别的办法了。七海被迫回到铁也的房间，在高声打鼾的丈夫身边收拾着行李。脚下打晃，摔了好几个屁股蹲儿。行李收拾好了，出租车也叫了，七海被勒令滚出去。究竟发生了什么？出什么事了？她还是不太理解眼前的状况。今后会怎么样，七海完全摸不着头脑。抬头看看天空，漫天星光闪烁。

"还看什么星星。乡下的天空，星星是很美，难道你还在想这些？星星多可怜啊，快别看了。"

出租车来了。佳也子递了个信封给司机。

"师傅，用这些钱把这个人送到岩手县。"

"什么？岩手县？"

"岩手县的哪里来着？你娘家？花卷？"

"岩手的话……"

"您不用找钱了。"

出租车载上七海出发了。七海茫然地看着窗外。外面漆黑一片，什么都看不见。

"要去岩手县的哪里？"

"呃？啊……那个，麻烦您去趟世田谷。"

"世田谷？是东京的世田谷吗？"

"是的。我说地址，可以吗？"

七海告诉司机街区名字和门牌号，却后悔了。从这里到世田谷究竟要花多少钱？唉，算了。什么钱不钱的，无所谓了。这种事想想都嫌麻烦。随便好了。管它以后会怎样呢。

或许是深夜的缘故，从木更津到世田谷的公寓，出租车没花一个小时就到了。东方的天空已经泛起红色。

"一共多少钱？"

"刚才已经给了，完全够了。这是……找的零钱。"

"啊，不用了。"

不想碰佳也子出的钱，七海摇摇晃晃地下了出租车，进了公寓的门。终于到了自己的家，打开门，熟悉的房间味道弥漫到鼻腔深处。七海一头倒在客厅的沙发上。早晨的阳光透过窗帘照在七海的脸上，又刺眼又暖和。实在是疲惫极了，先睡会儿吧，但是身体不允许。佳也子的话语在脑海中盘旋。越是努力不想，那声音越是歇斯底里地回荡在耳畔。那刑讯般的闪回让人全身麻痹，心里想着得去洗把脸，却无法站起身，但也没办法就这样沉沉入眠。

　　那张照片和那个视频一定是高岛偷拍的。但是为什么会在佳也子手里呢？她是怎么拿到的？大概是高岛给了佳也子，除此之外想不到别的可能。但是，高岛和佳也子是什么关系？铁也和高岛的女朋友是外遇关系，而佳也子是男方的母亲……铁也是佳也子的儿子，而高岛是那个和铁也搞外遇的女人的男朋友……弄不明白究竟怎么回事。那个高岛和佳也子有关联？解不开的谜一个接一个，想着想着，耳边听不到佳也子的声音了。思绪渐渐地模糊，那个歇斯底里的声音再次袭来。如此反复了几次，回过神来，已经上午十点多了。七海努力挣扎着，终于在沙发上翻了个身，从随手扔在地板上的皮包中扒拉出手机。电池没电了。接上充电线，过了一会儿，点开手机屏幕查看通话记录。鹤冈铁也打来的电话有好几十个。必须回个电话。该怎么和铁也说才好？那位母亲会和儿子说到什么地步呢？七海用思考能力下降的头脑左思右想，手机突然响了，是铁也打来的。她慌忙接通，接着坐起身来，跪坐在地板上。

　　“喂喂。”

　　由于紧张，她的声音嘶哑了。

"啊，喂喂？"

"喂喂。"

"听得见吗？"

"……嗯。"

"啊，还好吧？"

"嗯。"

铁也的声音和平日一样，没有任何不同。七海被这声音拯救了，瞬间感到安心。但是接下来，铁也用这平日的声音向七海宣告：

"刚刚和我母亲谈过了。我看了那照片，怎么办？要离婚吗？"

"离婚"这个字眼，瞬间让七海停止了呼吸。自己竟然还想着靠说话的音调就能挽救事态，还抱着一丝期待，真是个傻瓜。七海现在才醒悟过来。但即便如此，她也从没想过铁也会开口提起离婚。这么一来，自己不就成了加害者？

等等！自己难道不是受害者吗？究竟是什么时候，又是在哪里，事情发生了逆转？

"我什么都没做。"

"也没在情人旅馆里洗澡？"

"那不是情人旅馆，是气派的酒店。"

"到底有什么地方值得骄傲?！"

"不是这么回事！整个事情不是这样的。我什么都没做，反而是你……有外遇了吧？那个人是你外遇对象的男朋友。"

"什么？我？你这家伙准备把所有事情推给我？开什么玩笑！"

"田畑。田畑优香，你认识这个人吧？你原来的学生。"

"田畑优香？不认识。"

"别撒谎了。"

"田畑优香……田畑优香……我记忆里没有这个人。自己教过的学生怎么可能忘记呢。是什么时候教过的？"

"你等一会儿。"

七海没有挂断电话，快步走到铁也的房间，又回到客厅，将那本相册扔在了地板上，自己也猛地坐了下来，翻开相册。

"你在干什么？"

"在翻毕业相册。"

"什么？你现在不是在岩手县的娘家？"

"在东京。我回家了。"

七海翻开有问题的那一页，却不敢相信自己的眼睛。

"奇怪？"

理应在那里的叫田畑优香的学生找不到了。在那个位置上的，不知为何是个长相滑稽的男人。

"奇怪？明明应该在这里啊……"

七海又翻开别的页。不，不对，别的页也不一样了。应该没记错她所在的班级的页码。她两侧学生的脸庞还有印象。可是原来她所在的位置上，却是一个长相滑稽的男子印在那里。

怎么会有这种事情……

"什么？你说那个田畑就是和我搞外遇的女人？"

"啊……"

被铁也一问，七海说不出话来。

"所以你也搞外遇？"

"不是……"

不行。现在不管他问什么问题，都无法好好思考。

"你就别撒谎了。听说你的父母也离婚了？而且你还说我有外遇？你为什么要撒这些谎？"

"那个……"

"算了，随便什么都无所谓，反正已经结束了。"

"原来有的。"

"什么？"

"……照片。"

"我不知道。算了，别扯其他话题了。"

"真的。"

"所以说算了，这件事就算了。喂，喂喂……你在听吗？"

"……在。"

"你听着吗？"

"嗯。"

"你账户里剩的那些钱，姑且就给你了，你用那些钱去租个公寓生活吧。接下来一个人总会有办法的。在我回去前，把你自己的私人物品全部处理完。要是有什么剩下的，我会扔了。本来我可以申请赔偿费的，不过算了，你也没有余钱吧。喂，你在听吗……喂！"

"……在。"

"我今晚可是要回去的，在那之前赶紧收拾好搬出去。钥匙就搁在信箱里。听清楚了？”

“……”

“明白了吗？”

“……嗯。”

“那，保重。祝你健康。再见。”

铁也挂上了电话。七海的视线茫然地徘徊在虚空中。阳光透过窗帘照着小树枝，闪闪发光。仔细看去，那不是小树枝。房间里应该没有这种东西。是什么呢？难道是自己眼球上的毛细血管？不清楚是怎么回事，不过很美。那里本来不该有小树枝的，这真的是实际发生的事情吗？难道不是在做梦？

现在什么都不想做，七海浑身无力地瘫倒在地板上。就这样躺着不起来，要是铁也回来的话，要是佳也子也来了的话，会怎么样？想到这里，她不禁感到一阵恐惧，身体不由自主地动了起来。

离开这里。

七海开始收拾行李，从橱柜中取出自己的衣服，只装了两个行李箱。挎包里装了书和电脑，还有工作要用的东西。梳妆台上还有化妆品。洗手间里还有这样那样的东西。虽然非常不甘心，可还是把珍惜的餐具舍弃了。还留下了很多东西，只能哭着放弃，走出家门。

七海嘎哒嘎哒拖着两个行李箱，斜挎着又大又重的挎包。究竟要走到哪里去？她盲目地徘徊着，不知不觉来到了一个从没见过的地方。电线杆上的街区名字一点印象都没有。

这是哪里……自己应该去哪儿才好呢……这是哪里……自己应

该去哪儿才好呢……这是哪里……自己应该去哪儿才好呢……这样下去，又要走投无路了。她开始考虑身上究竟有什么，边想边走。不知走了多久，意识也模糊了，虽然还在为这数不清的不合理之处懊恼、烦闷，眼中在流泪，心里也怒气冲冲，却突然又开始想这是哪里，一直这样反复。不清楚是从什么时候开始反复想这些的，甚至在想，说不定自己就在家门口咕噜咕噜地转圈呢。

但是环顾四周，眼前有一条从未见过的河。河流的对面甚至还有工厂。搬来新家三个月了，在附近从未见过这样的景色。

这究竟是哪里？她一边想，一边又开始反复兜圈子。

手机在口袋中震动。取出来一看，是安室打来的。

"你好。"

"啊，我是安室。"

"你好。"

"现在还好吗？"

"嗯。"

"那个，你上次委托的那件事，近期能见一面吗？"

"好。"

"什么时候方便呢？"

"好，嗯……好。"

"喂？喂喂？"

"啊，在呢……"

"你还好吧？"

"嗯……什么？这儿是哪里？这儿究竟是哪里？"

"什么？"

"对不起。那个，我不知道自己现在究竟在哪里。"

看看四周，刚才的那条河已经不见了，前面是陌生的工厂，全是管子的奇怪建筑矗立在眼前。抬头看去，巨大的烟囱高高耸立，直插云霄。

"应该怎么办才好呢？"

"怎么办？……那个，手机上不是有地图的APP吗？你点开看看不就知道了？"

"啊，对啊！"

七海按照他说的，确认了自己所在的位置。

"知道在哪里了吗？"

"啊，知道了。我现在的位置是……可是这究竟是哪里啊？"

"街区名叫什么？地址清楚吧？"

"安室……我该去什么地方才好……该去什么地方才好？"

"你在说什么？你还好吧？"

"我没有可回去的地方了。"

七海放声痛哭起来。

"发生了什么事情？你和你先生吵架了吗？现在在哪里？我过去接你吧？"

"现在这里是……"

通话断了，手机无情地关机了。或许可以依靠的安室也联系不上了。姑且往镇上的方向走吧。朝着没有城镇的方向走下去，一定会到海边。海的尽头什么都没有。不过，看看海说不定也不错。意识朦朦胧胧的，七海也不清楚自己在想什么。

终于，四周暗了下来。傍晚开始下雨。七海自暴自弃地继续走着，被雨淋了个透。身体冻僵了，几乎无法动弹。仔细想想，现在已经是十一月。冬天临近了。

七海看到了一家矗立在雨幕中的酒店，飞奔过去。办完入住手续，她拿着钥匙走进电梯。虽然没有仔细看，不过前台的女人一定用怀疑的眼神看着自己。她走进房间，放下包，便一头栽倒在床上。

红红绿绿的霓虹灯透过磨砂玻璃照进灰暗的房间。

左手上的结婚戒指反射着灯光，闪烁着绚烂的光彩。七海把它从手指上脱下来，然后又看了看。

究竟是什么？这个戒指中有什么样的期待呢？不是什么都没有吗？

已经到了极限。七海的意识在这里中断了。

第十一章　酒店生活

吸尘器的声音响起，七海睁开了眼睛，伸手去摸时钟。床边一侧有个老旧的闹钟。下午一点三十分。原来睡过了头，到了下午。看了看手机，电池没电了。她想起和安室的通话。对了，那个时候，电池没电了。安室一定很担心吧。

七海在挎包里翻找，看看有没有带充电器。充电线露了出来。用它将手机插在插座上，手机屏幕上开始充电的信号亮了，七海暂时安下心来。

看了看四周，这是一家十分陈旧的酒店。白色的墙壁脏兮兮的，到处是污痕。推开窗，眼前出现几幢情人旅馆般的建筑。昨夜闪烁的霓虹灯就是这些酒店的招牌。但白天暴露在阳光下，看上去只有寒碜的感觉。

这究竟是哪里？七海完全没有头绪。

起床走进洗手间。自己的脸大概很吓人吧，七海照了照镜子。奇怪？这是怎么回事？出乎意料，脸上的气色竟然很好。她心中纳闷，不由得打起精神，用酒店的香皂洗了洗脸，用酒店的牙刷刷了刷牙。并没有饥饿感，不过必须吃点什么。身上穿的还是那件为参加法事而穿的黑色礼服，黑色的长筒丝袜上到处是洞。大概摔倒过吧，也说不定是行李箱撞到腿的缘故。记不清了。她脱去丝袜，穿上鞋子，打开房门。

走出去一看，那里是个乱得恰到好处的平民区。小酒馆和情人旅馆分散在各处。七海在便利店里买了两个饭团和一份沙拉，拎着购物袋返回酒店，重新看了看酒店名字。"EXE蒲田"。终于弄清了自己所在的位置，大田区的蒲田。用手机的地图APP搜了一下，这里离新家所在的世田谷深泽直线距离大约十公里。到处乱走，实际上走的距离恐怕加倍了吧。

回到房间，填饱了肚子后，七海给安室打了个电话。

"你还好吧？我一直担心来着。"

"对不起，弄得乱七八糟的，让你看到了难堪的一面。"

"你没事了吧？"

"也不是没事。"

"如果有我能帮忙的，你就说吧。"

"没，没事了。"

"现在你在哪里？傍晚时分我们见个面吧？"

安心的感觉充满了全身。感觉茫茫天地间只剩自己孤零零一人时，"见个面吧"这句话就像一剂特效药。

"啊，好，一定！"

"啊，抱歉。今天有点别的事情。明天可以吗？明天傍晚。"

"啊，可以。没关系的。明天后天都可以。"

"真的吗？后天也可以，是吧。"

"啊，是的。"

"那么，后天见。"

"对不起，你这么忙。"

"对不起。说忙也忙，不忙起来，挣不到饭钱啊。"

和安室约好了见面时间，也让七海的心情从容起来。她决定用手机找工作。就像安室说的，光待着是无法生存下去的。

用"兼职"这个词搜索，出现了几个关键词。

面试，招人，高收入。

她试着点了下"高收入"这个词。

"高收入兼职，当天结算，三十分钟两万日元，当日短期兼职CREAM 公司。"

那个网站上说，不是风俗业，也不是性工作。页面设计非常简练利落，一点可疑的地方都没有。"想去美容美甲却又没钱的你，就这样死心还太早了点。"网页上全是这样的开场白，让人感到遗憾的是，具体的工作内容一点都没有写。现在正巧是招聘新人的宣传期，光是去面试就能得到三万日元。哪有这么傻的。说什么新生募集①，现在已经是秋季了。

总感觉太危险了。换一个网站看看。

"高收入职位，只限女性！日结！SOFT TOUCH 公司。"

---

①日本每年 4 月 1 日新生入校，新学年开始。

再仔细看了看，是拍成人录像的公司。七海想到了似鸟。她现在在干什么呢？那时的她看起来就像是另外一个世界的居民，现在却不是与己无关了。手头拮据要找工作的话，社会上就是这种行业等在最前面。过了那道线，就是在学校里接触不到、闻所未闻的异世界。

　　敲门的声音响起，有人来了。打开门一看，门口站着打扫卫生的女工。

　　"现在可以帮您打扫房间吗？"

　　"啊，抱歉。不用了。"

　　"那么，需要的时候，请您给前台打电话。"

　　"啊，好的。"

　　清洁女工关上门。七海突然站起身，打开了房门。

　　"那个……我正在找工作，不知这家酒店有没有招人？"

　　"现在究竟缺不缺人手呢？要说清洁工的话，还在招。小姐您不喜欢打扫卫生吧？"

　　"啊，我不介意干打扫的活儿！"

　　"真的吗？这么年轻漂亮，真是可惜了。要我帮你问一下吗？"

　　"呃？真的可以？"

　　过了一会儿，清洁女工带着经理来到了房间。

　　"就是这位客人，想在咱们这里找份工作……您叫什么？"

　　"我姓皆川。"

　　"您好，我是经理川本。请多关照。"

　　经理微微一笑，露出黄色的牙。

"您希望做打扫卫生的工作？"

"是的。"

"她这样的去前台更合适吧？"清洁女工说。

"前台现在没有空缺。"经理川本说。

"没……那个，我不介意干打扫卫生的活儿。"

自己现在的精神状态不适合出现在人前。七海这么想。

"那么，先这样吧。简历你带了吗？"

"啊，简历吗？现在没有带。"

"之后可以补上。到时候送到一楼的办公室就好。"

"啊，好的。"

七海得到了这份工作。

太棒了！

以前找工作时，有这么开心的时候吗？

七海第二天就开始工作。工作基本是从上午十点到下午三点，时薪一千日元，一共五个小时，一天工资五千日元。偶尔会在其他员工休息的时候换到别的时间，据说有时也会换到夜班。七海一直以为客房打扫只在白天入住和退房的时间进行，但因为这家酒店的位置，把这儿当情人旅馆的客人也很多，这样的客人待个几小时就走，所以得赶紧进去打扫，迎接下一位客人的到来。

昨天帮忙带经理过来的清洁女工叫高田克子，她教会了七海如何打扫房间。两人一组，拆下床上的床单，然后换上新床单。高田用"拆床单"和"铺床"来形容这项工作。之后就两人分工，手脚麻利地打扫浴室和收集垃圾、收拾床单。

"这是体力劳动。要是身体坏了，就不能工作了。尤其是腰出了问题，那可就完了，所以必须当心。"

换床单、打扫洗手间，都是会对腰产生影响的动作，所以她首先提醒七海。

"不行不行。这样做会伤着腰的。你可以慢慢来，别慌，别勉强自己用力抬起来。"

高田克子处理床单的手法非常漂亮。酒店里那理所当然没有一丝皱纹、服服帖帖铺在床上的床单，就是通过这样细致的手法铺好的，真是令人感动。

从午间开始，酒店的客人就不断进进出出。即便是中午，还是有客人在用房间，所以前台确认某个房间空下来后，必须马上开始打扫。据说严禁敲有客人在内的房门。

"尤其是白天客人正在那个的时候。"

"那个？"

"做爱。"

"啊……哈。"

"所以绝对不能去敲门。"

"可是，高田，昨天你敲了我的房门。"

"那是特殊情况，因为听说一个女人单独睡到了下午。要是自杀什么的，就让人头疼了。那是随机应变。"

"原来如此，谢谢你为我担心。"

"担心……要是有客人死在酒店，可就头疼了。警察一来，客人全跑了。"

"啊，对不起。不过，我根本没打算要死。"

但高田还是一脸半信半疑的表情，接着拍了两下七海的肩膀，好像在说，哎，加油，死了就没意思了。

那天晚上有花音的家教课。

"现在在旅行途中，所以在酒店给你上课，不好意思了。"

"没事。"

"那么，今天学英语？"

"嗯。"

"该讲关系代词 who 了吧。Who 是什么意思？"

"谁。"

"对，这个学过了。不过，这次的用法稍微有些不一样。"

"老师，您感冒了？"

"呃？"

"看起来没有精神。"

"什么？是吗？没有这回事啦。没事的，老师身体可好了。"

"旅行途中不用勉强给我上课。要不就休息吧？"

"哎？你不用在意这些。我时间多得是，非常的闲。你要是想增加课时，就说吧。"

"……好。"

花音露出了奇怪的表情。七海回过神来，发现从隔壁传来正在干那件事的声音。

"什么声音在响……猫？"花音问。

"啊，是啊是啊。猫，猫！"

七海吓得出了一身冷汗。

第二天，工作结束后，七海想出门买点东西，走出酒店，发现安室早早就来了，正等在酒店外。

"哟，还活着啊！"

"抱歉让你担心了。"

"一起去吃点什么吧，我请客。"

"……谢谢。"

时隔很久再见到熟人，七海非常开心，一口气将事情的经过告诉了他。

"原来是这样。辛苦你了。"

"是啊。我都受不了了。在住的酒店里找到了打扫卫生的工作，暂时得救了。兼职五个小时，一天能挣五千日元，不过酒店住宿费一天四千两百日元，剩下的八百日元是生活费。一周工作六天，星期日不在兼职的范畴内，让人伤心啊。"

"这样就出现赤字了吧。"

"是的。然后网上还有一个为学生做家教的课，一个月一万日元。其他的就得靠省着花以前的存款了。"

"真是一场灾难啊。"

"嗯……是的。不过，事情很怪吧？为什么我先生的母亲会有那个男人的照片？为什么毕业相册里没有那个女孩子了？现在想想，简直就像是被狐狸附体了似的。"

"灵异现象吧。"

“什么？”

“假的啦。那样的谜团，故事中都不会有的。很容易就能看出其中有怎样的机关。”

“是这样的吗？”

“首先，那个找上门的男人，可能是那种专业让人分手的。”

“专业让人分手的？”

“是的。给想分手的对象设计一段外遇关系，就像字面上说的，让双方分手。你被人设计了。”

“让人分手……还有这种工作？”

“如今这时代，什么样的工作都有。”

“可是，那毕业相册上的照片呢？”

“那种东西，做一本很简单的，剩下的就是怎么替换了。是那个男人干的，或者是你先生，或者是你先生的母亲。”

“母亲。”

“你先生的母亲就是委托人，请了那个专业让人分手的人。”

“什么？怎么会……呃？”

“我觉得，最初她雇了侦探调查你的事情。唉，弄清了许多事。看到你婆婆对你产生了怀疑，侦探就干脆提议采取那种专业让人分手的做法。一定是这么回事。”

“这么说，那个人的主业是侦探？”

“要说主业，那人的主业应该是‘什么都能办’。因为什么都做，所以也做侦探的工作，就像我一样。对了，可以进入主题吗？”

“什么？嗯？……主题？”

"前一阵子接受了你的委托，就是调查你先生有没有外遇那件事。"

"他搞外遇了？"

安室将平板电脑递给七海。上面有一张照片，好像是餐厅的招牌。安室说，一页一页翻下去。七海照他说的，用手指在显示器上滑动，照片一张一张显示出来，是在餐厅里吃饭的铁也和佳也子。

"这是什么意思？"

"母子一起用餐，是吧。"

"……"

"他母亲基本上一周有两天来东京，住在品川或高轮的酒店里。"

"什么……来干什么？是因为工作的关系？"

"只是来见见儿子。"

"什么？"

"一般一周有两天，他在外面吃过饭再回家，没错吧？"

是这样。

"哎，是个坚定的恋母者啊。不是什么外遇，太好了，是吧？"

七海凝视着电脑。又是一张照片。佳也子在七海家公寓前走下台阶的连拍。

"有时候也去你们家。你不在的时候去了几次。究竟做什么就不知道了，不过弄个毕业相册的机会倒是有的，耳钉也一样。哎，事到如今，还是这样好吧。虽然轮不到我说话，但最好还是这样去想。"

从未有过的怒火在体内翻腾，七海浑身哆嗦，不停地颤抖。

"为什么要让我……居然有这样的母子……可恶……可恶……"

粗鲁的词几次蹦出口中，但还是无法发泄心中的愤怒，不甘心的眼泪止也止不住。即便这样，还是不够。

"抱歉，久等了！"

店员满脸笑容地端上了荞麦面，她没有注意到七海的神色。

"来，吃吧吃吧。"

安室递给七海一次性筷子。

七海一边哭一边往嘴里塞荞麦面，什么味道都尝不出来。

分别之际，七海向安室低头请求，能不能多给自己一点时间准备调查费用。

"当然。钱什么时候付都可以，因为你是兰巴拉尔的朋友。遇到什么困难，请随时联系我。"

"谢谢。"

"那家酒店一天是四千两百日元来着？仔细想想，一个月就要十二万六千日元。要是在这边租个公寓的话，也就花个三万左右。六叠左右的木地板房间。要我帮你找找吗？"

"真的吗？"

"真的。"

"是啊，是贵啊。我压根儿没想过这些。觉得自己好像成了个废人。"

"没有这回事。我也有几个废人朋友，他们可不像你这样，你还不算啦。皆川，兼职工作周日休息，是吧？这周怎么安排？有份兼职的活儿，你觉得怎么样？"

"谢谢。我那天有空。什么兼职的活儿？"

"代理出席结婚典礼。你曾经使用过这项服务，所以用不着详细说明了。现在实在人手不足，要是你能参加就太感谢了。星期天是大安①，是个好日子。"

原来是那个工作啊，七海有点犹豫。不过，安室一直关照自己，不好拒绝他的请求。

深夜，安室发来了侦探费用的账单，一共二十万，比谈好的价格便宜了十万日元。短信上写着"什么时候支付都可以"。七海感谢他的关心。短信的最后还附上了代理出席的详细资料。

从代理出席的委托人变成了被委托人，从雇用方变成了受雇方。七海有种奇妙的心情。

---

①日本的黄道吉日。

第十二章　兼职

兼职的集合地点是四谷一处结婚礼堂的某个房间。这间房一般用作亲戚等候室。集合时间为上午九点。七海提前二十分钟到了，只来了少数几个人。视线相遇的时候，人们相互无言地打招呼。七海暂且在角落里一个空位子上坐下。

参加者陆陆续续走进房间。从老年人到年轻人，男女老少都有。年轻人比较容易召集，这些老年人究竟是怎么约到一起的？大家都穿着齐整的礼服，和真正的受邀客人没什么区别。真不愧是安室，七海再次感到佩服。

一位女子一直盯着这边看。她有一头长长的黑发。七海轻轻点头示意，对方也微笑着打了个招呼。七海想，真是一位美女，容颜娇艳，完全可以去当演员或模特了。这样的人还有必要做这种兼职吗？这么说来，安室也说过他是演员。来这里的人说不定也都和演员圈子有关系。这么一想，就可以理解为什么召集到的演员水准这么高了。

九点差五分时，安室出现了。七海正想要不要上去打招呼，其他人就络绎不绝地向安室涌了过去，她还在寻找机会，时间就到了。

九点一到，安室大声和众人打招呼。

"各位，早上好！"

参加者都含含糊糊地向他回礼。安室皱起了眉头。

"声音太小了呀。早上——好！"

他用更大的声音招呼道。这次大家回礼的声音非常振奋。安室还是皱着眉头。

"啊，感觉太刻意了，刚才那遍更自然，更好些。"

大家都笑了。

总共有五十人左右。安室一边确认，一边给每个人分发明信片大小的卡片。他终于来到了七海面前，同样默默地递给她一张卡片，然后转身背向七海，开始大声地向大家解释。

"都有了吧！刚刚发给大家的纸上写着各自的简介，请一定记住。"

七海的纸上这么写着：

橘川加寿美 **KIKKAWA KASUMI**

年龄：说实际年龄就可以。

住址：说自己家的地址就可以。

经历：说自己的经历就可以。

与新郎橘川宗太郎的关系：表兄妹，是宗太郎的父亲富太郎的妹妹胜代与丈夫健次郎的女儿。

姐姐：橘川纪代实　弟弟：裕介。

和新郎宗太郎以及他的家人关系不是很亲密。

最后一次和新郎见面，是在祖父有常的葬礼上（2009年8月19日）。

下面还画了橘川家族的族谱。安室补充道：

"请看这里。这个人物关系图上标着红圈的就是各位。明白了吗？那么首先请寻找各自的家人吧。寻找家人游戏，一二三，开始！"

大家相互打着招呼，开始寻找人物图上的同伴。

有人拍了拍七海的肩膀。回头一看，正是刚才那位点头示意的黑发女子。

"你叫什么名字？"

"啊，皆川七海。"

但是黑发女子无视七海的回答，一把抓住七海手中的卡片，凝视着。"啊，橘川加寿美啊。我们同一组。我是橘川纪代实。你是我妹妹。"

说着，女子马上开始找下一位同伴。

"橘川……纪代实在哪里？"

有位中年男子环顾着四周，大声喊道。

"啊，我是我是！"扮演纪代实的女子挥挥手。

"啊，你好你好！"男人已经找到了一位中年女子和一位年轻男子。

"这样就五个人了。全齐了。"中年男子说。几乎在同一时间，其他几组也找到了同伴，不到一分钟，这个游戏就结束了。

"大家都找到自己的同伴了吧？那么，接下来就请各位勇敢地加深彼此的关系。父母、兄弟姐妹、好朋友要是还像陌生人一样生疏，那就糟了。"

大家遵循安室的指示，开始了笨拙的交流。或许是经验有别，有口才极好、表演老练的人，也有神情可疑、忐忑不安的人。不用说，七海当然是后者，怎么也融不进家族圈子里，对话也没办法自然随意。虽说当过老师，看来却不适合这种工作，这让她不禁陷入了自我厌恶。

纪代实在向安室质问些什么。安室听了，慌慌张张地赶到七海他们这组来。

"刚才经过纪代实的提醒，发现了我的一个错误。原来的设定是，新郎橘川宗太郎的父亲富太郎的妹妹是胜代，她的丈夫是健次郎。这么一来，如果是橘川家族，那健次郎不是入赘女婿的话，就不成立了①。因此……不改姓不行吧？"

"可是，改了的话不是很麻烦吗？婚宴桌上不就是这个名字？"

"啊，是啊是啊。"

"所以设定父亲健次郎为入赘女婿，不就好了？"

"嗯，是的……嗯，这样就好了。没问题了吧？"

对于安室的提问，七海什么都没听明白，就点了点头。

---

①日本人结婚后，一般女方改姓男方的姓氏；男方入赘，则改姓女方的姓氏。

"那么，各位，请再自我介绍一下吧。首先从橘川健次郎开始，请。"

被安室点名，扮演橘川健次郎的中年男子张皇失措地开始了自我介绍。

"大家好，我是扮演橘川健次郎的牛肠和明，就是牛的肠子的那个牛肠。"

纪代实打断他。

"呀，了不起的名字！不过，为了不让大家产生混乱，今天暂时忘记各自的真名，怎么样？"

"是的是的，会混乱的。"安室也同意，"今天就请用角色名字吧。那么，健次郎，请再来一遍。"

"大家好，我是橘川健次郎。"牛肠说。

"各位好，我是橘川胜代。"中年女子说。

"对对，就是这样。"安室对照着手上的名单，点点头。

"我是纪代实。请多关照。"扮演纪代实的女子说。

"我是妹妹加寿美。"七海说。

"我是裕介，还请大家多多关照。"青年说。

"好了，大家今天一整天就是一家人了，还请好好相处，相互多聊聊，请。"

说完后，安室去看其他组的情况了。剩下几位假扮的家人拘谨地相互看看，苦笑着。只有纪代实一个人泰然自若，首先向扮演最小的弟弟裕介的青年提问：

"你是高中生？"

"已经上大学了。"

"在大学里做什么？"

"我上的是经济学系，参加了摄影部。"

"摄影部？现在这个时代，不是都数码化了吗？"

"不，我很喜欢胶片，从拍摄一直到冲洗。"

"呀，这样啊。"

"最好不要说太私人的信息，会混乱的。"

父亲健次郎说。纪代实立即顶嘴：

"简介上不是写着，年龄、住址、经历都可以说自己的吗？所以我们不相互问清楚的话……那会成为我们家族为数不多的共同记忆。"

"纪代实小姐不是第一次做这种兼职吧？"扮演母亲胜代的中年女子问。

"呃？是第一次，怎么了？"

"可是你什么都很清楚，看不出是第一次。"

"像这类问题，接这份工作之前不问吗？比如哪些是剧本准备好了的，哪些是需要即兴发挥的？"

"没问到这个地步。"

"大多数时候保持沉默就好了呀。说得太多，就会露出破绽。不是有句话叫不打自招嘛。"

"倒是问过，可以保持沉默。"母亲胜代说。

"可是，彼此好好聊聊，关系熟络也是很重要的。据说视线的移动、身体的举止都会有差异。另外，别叫我纪代实小姐，请直接叫纪代实。去掉小姐两字。我应该管胜代叫妈妈吧。"

胜代不由得苦笑了。

"妈妈最近有什么爱好？"

"我？不说真实的不行吧？"

"嗯，这些你自己看情况说就可以吧？要是有人深究，只要别露破绽就行了。"

"那，我的爱好是走路。"

"这是真的？"

"假的。"

"还是多走走路吧，妈妈。"

纪代实揪着微胖的胜代腰间的赘肉。胜代不由得红了脸。

"那么，接下来，爸爸的工作是……"

纪代实转向父亲健次郎。

"我……怎么说呢。要不就设定为不畅销的漫画家，怎么样？"

"真的能画吗？要是有人让你画一张，不会伤脑筋？"

"啊，也是。"

"那么，不畅销的小说家怎么样？总不会有人说，现在就写部小说看看。"

"可是……不说别的，要是说这么特别的职业，会不会让人不小心就记住了？"儿子裕介插话说。

"这类的地雷还是可以埋吧。"纪代实说，"要是新郎事后被身边的人追问起来，您家亲戚里是不是有个小说家？哎，那人叫什么来着？让他也尝尝不知如何是好、冷汗直冒的滋味，那也是他活该嘛。"

"那么，我也说要加入杰尼斯什么的，绝对引人注目。"

"那实在太招摇啦，会当场露馅的，绝对不能这么干。"

纪代实无懈可击的领导才能让七海看得入迷，声音更让人着迷。也有讲话方式的原因，不过她天生的嗓音真的很美，就像长笛的音色，有治愈人的魅力。

有的人只要往那里一站，就能成为众人目光的焦点，不管什么时候都让人难以忘怀。相反，也有那种很难在别人记忆中留下印象的人。七海觉得自己明显是后一种。其中的差异究竟是什么？假如纪代实是学校的老师，一定很受学生欢迎。这么想着，七海又冒出了自我憎恶的心绪。

"那么，我就当个演员吧。"

七海心头一颤，难道自己的心思被人看穿了？

"或者说是 AV 女优怎么样？"

不知为什么，纪代实瞥了七海一眼。

"这绝对不行，会出大乱子的。"

"那么，裕介，你就是 AV 男优。"

"我讨厌 AV 男优。"

AV 女优……似鸟。晦暗的记忆又复苏了。

"开玩笑的啦。好了，刚才说到哪里了？啊，爸爸的职业……"

纪代实非常开朗，在玩笑中加了点 AV 女优的段子，不过像她这样的人生赢家，应该一生都和那种世界无缘吧。那这样的人为什么要来做兼职呢？

开始休息时，纪代实挽着母亲的胳膊，向化妆室走去。看到这一幕，男人们也都涌向洗手间。七海一个人站在窗边，安室过来打招呼。

"怎么了？"

"啊，你好。"

"没事吧？"

"啊，挺好的。总算。"

"因为你不是第一次啊。可能是第一次来后台，但毕竟看过一次完整的演出。"

"没错。确实是这样。"

"没事的。坐下吃点饭，到了傍晚就可以回家了。"

"谢谢你。那个，刚才那……"

"什么？"

"扮演我姐姐的那位女士，好像是位女演员。"

"是女演员。"

"啊，还真是啊。"

"只是不红罢了。"

"这样啊。"

"这个圈子就是这样，人外有人，要红很难。我不也是这样。"

"她长相也很美，不过我觉得她的声音真有魅力。"

七海的声音不由得雀跃起来。

"声音有魅力，那是最基本的。坦白说，有时候声音好听，反倒让长相显得逊色。"

"这样啊。"

"是的。"

安室突然眺望着整个会场，对七海说：

"不过，你万万没想过吧，自己一下子换到兼职这一边来了。"

"是啊。"

"人生真是异想天开啊。"

"过于异想天开，也让人伤脑筋。"

"是吗？难道不是每天都有无法预测的事情更好？"

"会让人头疼的。"

"大家都祈愿有个平和安稳的地方。不过，每个人都怀着异想天开的本能。现代人是通过虚拟的东西来宣泄这股冲动。电视、新闻、体育、游戏，都是大家从自己身上提取下来、展示在别人面前的异想天开的细胞。"

"的确是这样。"

"这是某部戏里的台词。好不容易记住了台词，却在选拔中落选了。"

一个上了年纪的女人走过来。看她的表情，似乎找安室有事。

"扮演我姐姐的那位好像太紧张了，身体有些不舒服。"

"啊呀，这可糟了。"

安室和老妇人一起离开。

七海深深叹了一口气。她感觉这是一个自己未知的世界。一种从来没有见过的活力弥漫在整个会场中。那是学校那种地方没有的活力，或者说在学校那种地方得不到认可的活力。这种感觉、这种气味是什么呢？七海甚至产生了一种错觉，似乎自己体内的细胞都在开心地颤抖。

　　好像在印证这种预感，这样的兼职的确既惊险又开心，虽然也明白这样做不够谨慎。

第十三章　家人

彩排结束，已经十二点半。大家一起来到真正的休息室。扮演亲戚的就去亲戚专用的休息室，扮演朋友的就去朋友专用的休息室，没有一个人犹豫，大家自如地扮演着自己的角色。

七海和假扮的家人一起行动，来到亲戚专用的休息室。父亲健次郎在角落里的沙发上咚地坐下，在他身旁，母亲胜代挺直身子轻轻坐下。纪代实和裕介靠着墙壁站着。每个动作都是表演。七海在母亲和纪代实的中间。在这里，他们的对话必须要有一家人的感觉。然而，纪代实悄声地开始了并不"专业"的对话。

"这里的人都扮演亲戚？真正的亲戚一个也没有，为什么？"

这么一说，看看四周，这个房间里的人都是刚才参加过彩排的"同伴"。为什么呢？莫非所有的亲戚都请了代理出席的人？

"哎，不就是那么回事吗，各家有各家的情况嘛。"

父亲健次郎发挥了一下有点刻意的演技。

"爸爸，是怎样的情况？"纪代实问。

"嗯，对，就是那个。"

接不下去了。父亲健次郎光是说了这几句，就浑身是汗。纪代实不禁笑出了声。不一会儿，会场人员过来招呼他们。

"接下来就是介绍亲戚的时间了，还请大家集中到这里来。"

从这里开始，才是正式演出。

众人各自结伴，去了双方亲戚见面的房间里。会场人员让大家排成两列，拉开眼前的帘子。在这里，七海他们第一次和"真正的亲戚"面对面。眼前的那些人不是"同伴"，而是"真正的亲戚"，真是让人紧张。

站在最右侧的青年一位位介绍着橘川家族的人。他扮演新郎宗太郎的弟弟悦司。

"下一位是，嗯……"

声音紧张得颤抖。

"父亲的妹妹胜代，那位是她先生健次郎，长女纪代实，次女加寿美，长子裕介。"

介绍到的人冲着对方的亲戚行了个礼。对方的亲戚恐怕都相信这些人是真的。有些内疚，也有些可笑。虽然不够小心，但七海拼命地忍着不让自己笑出来。现在是在骗人，在撒谎，根本不是值得夸奖的事。可是这种亢奋感，站在这个本不该来的、没有任何关系的地方的奇怪感觉，简直像是时空穿梭。真是异想天开，令人热血沸腾。七海浑身颤抖，怎么也停不下来。

七海突然想到，这世上象征"是"的正义善良的世界里，其实存在一个巨大的缺陷吧？说不定正如安室所说，现代人将这种冲动悉数封锁起来，尽最大努力想施行正义，费尽心血要成为善人。他们将以正义和善良为名的沥青铺遍所有的地方，直到看不见泥土，花花草草都被夺去栖身之所。不可能变成这种状态吧。

被铁也赶出新家的那天，说不定自己内心深处正为此感到喜悦。表面上自己容颜憔悴，但体内的那些细胞又如何呢？第二天在酒店洗手间里看到的，镜子中映出的那张气色很好的脸，又是怎么回事呢？

说不定，自己根本不明白世间真正的原理究竟是什么。

这样想着想着，七海莫名其妙地振作起来。这时有人握住了七海的手。她吓了一跳，转过头一看，是纪代实。纪代实意味深长地对着七海眨了眨眼睛。七海不由得也用力握了握纪代实的手。她精神抖擞，心脏怦怦乱跳。

介绍完双方亲戚之后，是拍照留念。这一切结束后，大家再去礼堂。纪代实就这样握着七海的手，两人并肩走着，看起来很开心，嘴里哼着《结婚进行曲》。

礼堂里面，朋友和职场上有来往的人早已就座，正在谈笑。为七海和那些"家人"准备的座位是前排的好位置。裕介始终低着头，眼睛红红的，看起来好像哭过似的，其实是在强忍笑意。

"快别笑了，会传染的！"

纪代实捅了捅裕介。母亲胜代战战兢兢的，扮演父亲的男人正一心盯着十字架看，嘴里咕哝着什么。纪代实按着七海的膝盖，指了指一处地方。七海看过去，安室正和假亲戚开心地聊着什么。

"安室，呀，他在演独角戏。"

仔细看去，两个人确实像是在交谈，其实对方没有说话，而安室不时点点头，微笑一下。

"太无聊了，所以在玩呢，危险危险。"

由风琴演奏开场，结婚典礼终于开始了。

新郎缓缓走进场内。七海记住了他的名字。他叫橘川宗太郎，是我们这次的委托人。这么想着，不知怎的，感觉他像是个了不起的人物。想到自己曾经站在那个位置上，七海的胸口不由得一阵酸楚。

他一定会感到不安吧。七海不禁同情起他来。

接着是新娘挽着父亲的胳膊入场。两人宣誓，交换戒指，然后亲吻新娘。仪式结束，新郎新娘在花瓣和肥皂泡的包围中退场。新娘站在门前扔花束。女嘉宾们纷纷伸出手去争抢，最后抢到的是一个代理出席的女人。真正的嘉宾们微笑着拍手，为这个开心的女人祝贺。

亵渎。

七海没有宗教信仰，却反复看着小教堂中央的十字架。

上帝，假如您看到了这一切，还请怜悯这些愚蠢可怜的人们，原谅他们吧。请您笑一笑。

"宗太郎，小舞，恭喜你们！今天是橘川和古川两家人的喜庆日子，承蒙邀请参加今天的结婚典礼，不胜感谢，在此要衷心地祝贺两家的亲属。刚才承蒙介绍，我是宗太郎工作的金木工程公司营业部的部长长谷川正三。代表在座的各位来宾发言，甚是冒昧，在此，还请允许我讲一两句祝贺的话。"

在酒宴开场时演讲的叫长谷川正三的上司，也是从一早就在一起的代理出席者。乍一看是位非常朴实的人，说起话来就像播音员，声音透彻清爽，有副好嗓子。

"宗太郎还只有二十八岁，却已经就任营业部第三营业科的科长职务，是一位破格提升的年轻领导，也是公司的希望之光。他的英语不用说，汉语和马来语也非常熟练，在工作中充分发挥语言能力，成为海外事业的骨干，也是我们公司不可或缺的人才。不仅拥有优秀的能力，宗太郎最大的长处是一旦做了决定，就会坚持到底的执行力。"

纪代实在七海的耳边嘀咕：

"新郎这边，除了他本人，全是假的。"

七海吃惊地环顾四周。对照桌子上搁着的座位表，新郎这边的位置上，确实坐满了从早上就在一起的"同伴"。没见过的人一个都没有。

"这个新郎是什么人？"纪代实问。

"我怎么可能知道！"七海也悄声在她耳边回答。

长谷川正三的演讲还在继续。

"在印度尼西亚的加里曼丹岛启动液化天然气设备项目时，谁都没想到能在如此短的时间内，达成那样艰难的一项事业。拥有这么一位可靠的下属，我感到非常骄傲。"

"这家伙难不成在印度尼西亚还有一位太太？"

纪代实嘀咕着。七海忐忑不安，不会被周围的人听到吧。演讲还在继续。

"新娘小舞，我今天是第一次见到，真是一位非常优雅诚实的小姐。由于工作原因，宗太郎一年中至少有半年要去海外出差，和小舞一起生活的时间或许非常有限，正因如此，希望两位保持婚姻的新鲜感，共筑一个温暖的家庭。"

"看看，看看，刚刚新婚，就要分居半年！"

七海一边听纪代实的解说，一边听着演讲，似乎也只能这么想了。

"宗太郎，你找到了小舞这么好的伴侣，期待你今后在工作上更加努力。请允许我送上祝词，祝福两位拥有璀璨的未来。宗太郎，小舞，衷心地祝贺你们！"

"不会的，不会的，不会的！不会有璀璨的未来的！"

"快别说了。纪代实，别说了。"

新郎新娘退场去换装，会场突然嘈杂起来。现在是大家畅谈的时间。安室双手拿着啤酒和红酒瓶，在各张桌子间转，也来到了七海身旁。

"要喝啤酒吗？红酒也有。"

"啊，不好意思。喝红酒吧。"

"你去房产中介那儿了吗？"

"啊，还没有。"

"要陪你一起去吗？我认识的房产中介就在那附近。在那一带就可以吧？"

"是的……不过，也不是非在那边不可。"

"记得你说过，走投无路，最后到了那里。"

"是的。"

"那不就是有缘吗？嗯，这个话题以后有机会再说。"

安室走到纪代实身旁。纪代实在安室的耳边说了什么，像是在问什么问题。安室掏出手机确认着信息，接着又环顾了一下会场，回答了纪代实几句。最后，他的动作看起来像是向纪代实道歉，然后回到了自己的座位。纪代实笑着凑到七海身边。

"那家伙说的内容和实际情况没什么关系，吹得太过了！造假过度！比起这个，来来，那个新郎还是很厉害的。听说他是有妇之夫。"

"什么……怎么回事？"

"据说他另有一个家庭。这家伙是重婚。听说真正的夫人，还有真正的家人、亲戚、朋友、同事，谁都不知道他在这里举行婚礼。"

"这样就不是犯罪吗？"

"是犯罪。"

"怎么可能！"

"怎么可能！"

两个人不由得提高了声音，笑了出来，但声音马上就消失在四周的欢声笑语中，没有人会回头看她们。

过了一会儿，新郎新娘换好衣服回来了。会场上响起了木村KAELA 的《蝴蝶》，还有掌声。

纪代实把脸凑近七海的耳边。

"仔细想想，这家伙真有本事。他既不打算抛弃以前的家，如今又打算接受这个家庭。从今天开始过双重生活？他的体力和钱够用吗？"

纪代实突然从座位上站了起来，跑到邻桌的安室身旁，问了些什么又回来，然后和七海耳语。

"厉害啊。听说新娘子什么都不知道。"

"真的？"

"还真是个有本事的男人。"

"是吗？真卑鄙。"

"当然卑鄙了。"

"无法说出真正的事实，等注意到的时候，已经到了这个田地？"

纪代实突然笑了出来，那笑声怎么也止不住。连周围的人都转过头来看是怎么回事，七海不由自主地低下了头。

"那么，那家伙如今相当头疼吧？太搞笑了！"

"什么？我说了什么奇怪的话？"

一无所知的新娘始终保持着优雅的笑容，七海感觉实在看不下去了。这两个人会有什么美好的未来吗？想到这一点，她的遭遇似乎和自己身上的不幸重叠了，七海不禁为这位新娘祈祷。

第十四章　瑞普·凡·温克尔

　　酒宴结束了，七海他们依次问候新郎新娘，领取纪念品，走出会场。今天的工作就这样完成了。安室在大堂为新郎这边的亲戚们指引二次会的会场地点——实际上并不存在什么二次会。七海他们只要装作要去就好了。只有新郎新娘双方出席的舞会是真的。扮演朋友的代理出席者必须参加那个舞会。那才是关键时刻，因为和新娘那边的嘉宾直接对话的机会一下子增加了许多。那也是诞生新恋情的地方。纪代实告诉七海，扮演朋友的代理出席者好像全都是演技老道的人。

　　五个人直到最后都老老实实装作一家人，一起走出了会场。裕介回头看了好几次，确认没有一位客人尾随过来后，终于忍不住大笑起来，下巴都要飞出去了。

　　"哈、哈、哈、哈、哈、哈，不行了，不能呼吸了。"

　　"呀，被你吓得都要折寿了。你为什么笑成这样？"父亲健次郎问。

"紧张的那根绳一下子断了呀。"母亲胜代说。

"大家觉得怎么样？要不要一起去喝点啤酒再回家？"

大家都同意了纪代实的提议，一行人走向四谷的烤肉店，各自把装有纪念品的白色纸袋搁在椅子旁，穿着礼服围着桌子坐下，正像参加完结婚典礼回家的一家人。

"哟，是庆应大学啊！行啊，上了一所好大学！"父亲对儿子说。

"没什么，谢谢。"儿子苦笑。

"参加了摄影部，是吧？"母亲问。

"嗯嗯。"儿子回答。

"呀，那么，下次帮我拍一下照片吧。"姐姐说。

"不好意思，我专门拍风景。"弟弟说。

"这么年轻，只拍风景，你能忍得住？"母亲好奇地问。

"呃，妈妈，您这话什么意思？"儿子问。

母亲的脸涨得通红。

"不好意思，大中午就开始这种话题。"

"没事没事，现在已经是二次会了，咱们不讲虚礼，痛痛快快喝吧。"父亲说。

"爸爸，您真的家人呢？"儿子问道。

"不，其实……我是单身。"父亲回答。

"假的吧，离过婚吧？"长女问。

"不，真的是未婚。"父亲说。

"呀，我也是！"母亲说。

"真的假的？您两位之前都干什么去了？"长女问。

"不过，这好像也算是缘分吧。你觉得呢？"丈夫问妻子。

"不不不。结婚这种事，做不到啊。"妻子对丈夫说。

"啊？要不努力试试看，怎么样？啊哈哈哈哈哈。"丈夫对妻子说。

这似乎参加完结婚典礼回家的一家人，却客客气气用敬语说着话，聊着彼此的经历。邻桌的两人诧异地看着这番异样的光景。

"纪代实小姐是做什么的？"裕介问道。

"我？其实我真的是演员。不红的演员，做了大概有十年了。"

"什么！你都演了什么片子？"

"舞台剧居多。然后尽是些无聊的工作。加寿美呢？"

"我吗？我……嗯，现在一边打工一边紧巴巴地过日子。"

加寿美，也就是七海犹犹豫豫地这样回答。

"不过，好像有点不可思议。很微妙，感觉就像是真正的一家子。"裕介感慨地说。

"就是，是有点不可思议。"父亲说。

"让各位久等了。"

店员送上七海的柠檬酒。大家正等着这个，然后各自举起泡沫已渐渐消失的啤酒杯，七海拿起柠檬酒。

"来，干杯！"

极度的紧张之后，酒精瞬间席卷了全身。一家人沉浸在不可思议的幸福中。

走出居酒屋，太阳已经落下，天空还亮着。大家在被染成暗红色的四谷车站前解散，依依不舍地反复拥抱彼此。在旁人看来，这是关系十分融洽的一家，或者是在海外生活了许久的一家人。七海和大家分手后，直奔新宿车站。想稍微走走，就这样回去实在有点可惜。或许是喝了点酒的缘故，脚步很久没有这么轻快了。这份兼职是奇怪，不过心情也因之明朗起来了，真好。还是要感谢安室。

一个人过天桥时，纪代实一把挽住了七海的手臂。

"呀？方向一样啊！"

"啊，你好。纪代实小姐，你家在哪里？"

"别叫什么纪代实小姐了吧，工作已经结束了。"

"这么说也是。你真正的名字是……"

"我叫里中真白。"

"里中……真白。"

"你可以直接叫我真白。"

"我叫七海……皆川七海。"

"皆川七海小姐，该怎么称呼你好呢？"

"可以叫我皆川，也可以叫七海。"

"那，皆川。不，还是七海吧。你玩推特吗？LINE呢？"

"我上'Planet'。"

"哇，那个小众网站。我也有账号。咱们加一下好友吧。"

两个人相互扫了下二维码，接收了对方发送过来的账号。真白看着自己的手机，读着刚刚收到的七海的账号。

"康培……内……拉。喂，康培·内·拉小姐，去哪儿再喝一杯吧？"

"啊，好啊。"

"那，走咯，康培·内·拉小姐。"

"叫我七海就可以了。叫我七海。"

真白拦了辆出租车，先坐了进去。七海跟着上了车。

"七海？你家在哪里？"

"我住大田区，蒲田。"

"那么，最好离那边近点吧？"

"哪儿都可以。"

"涩谷呢？"

"完全没问题！"

"东横线？"

"不是东横线，不过没关系的。"

两个人乘坐的出租车驶向涩谷，在道玄坂的警察岗亭前下车后，发现了一家相当有年头的爵士酒吧，飞奔进去。店面狭小，不过那架三角钢琴特别气派。穿着考究的五十上下的男钢琴师演奏着一曲老爵士乐。两个人在吧台的角落里坐下。

"喜欢莫吉托吗？"

"不，我不太了解。"

"非常好喝的。要不要试试？"

"好。"

真白向店员点了两杯莫吉托。

"好像好久没和女朋友来喝酒了。"

"是吗？"

七海回想起朋友。那个女孩叫什么名字来着？喝醉了，想不起来了。

"啊，似鸟小姐。似鸟。"

"似鸟小姐？"

"同一个大学的朋友，最后一次一起喝酒的女孩。"

"关系很好啊。"

"不，就那样吧。"

"哦。"

"似鸟还好吗？现在在干什么呢？从那以后，我就没喝过酒。结婚以后，两个女孩子一起喝酒的机会很难有了。"

"呀？你都结婚了？"

"不，已经离了，现在一个人。"

"什么？为什么分手？"

"先别问了，伤口还没有愈合。"

"这样啊。"

"是的。"

"不过，来吧，咱们痛痛快快地玩吧！"

"不，也不用这样。"

店员过来问两人："要唱歌吗？"回过神来，才发现店里的客人就剩她们两位了。

"不会唱爵士啊。"真白嘟囔道。

"不唱爵士也没关系，摇滚和演歌都可以。"

店员点击一下平板电脑，递过来说，用这个搜索歌曲。

"好像世上干什么都是用手机和电脑。"真白说。

"再过十年，又会用一堆根本没见过的东西。"七海说。

"怎么说呢……"

真白坏心眼地说："绝对要找一首那老头不知道的歌。"她点了一首七海听了也不知道歌手和歌名的曲子。店员表情困惑，好像在说"呃，还有这首吗"，把歌曲名字输入平板电脑里。

"啊，找到了！"

店员把那个平板电脑拿过去给钢琴师。钢琴师把电脑搁在乐谱架上，开始演奏。

店员把麦克风递给真白。

"真的假的，那首歌一点都不火哎。"

真白合着钢琴唱了一曲。平板电脑上显示着歌词和乐谱。钢琴师一边看一边灵巧地弹奏。

"只要网站上有，就算钢琴师自己不知道那首曲子，也总能弹下来的。"

店员解释说。真白好像不明白那设置，频频地感到奇怪。

七海也唱了一首。被真白一说，七海唱了森田童子的《我们的失败》。

沐浴在树叶缝隙间流淌的春光里，

淹没在你的温柔中，我其实是个胆小鬼。

和你说累了，不知什么时候开始沉默不语。

取代了火炉的电暖气还在红红燃烧，

地下的爵士咖啡馆里有不变的我们。

时间如噩梦般流逝。

我在一个人的房间里，找到了你喜欢的查理·贝克。

而你已经忘记我了吧。

看到没用的我，你一定会吓一跳。

那个女孩还好吗？那都是过去的事情了。

沐浴在树叶缝隙间流淌的春光里，

淹没在你的温柔中，我其实是个胆小鬼。

　　场内安静下来，是让人感觉不坏的安静。匪夷所思的一天的疲惫都被治愈了。为了不破坏这种气氛，真白选了一首《好像什么都没发生过一样》。

昨夜的暴风雪飞舞了一夜，

掩埋了庭院，静静地闪着光。

年老的牧羊人去往远方的日子，

瘦弱的身影在风中发抖。

人们将失去的一切潇洒地刻在胸前。

总是，总是，

好像什么都没发生过一样，迎接明天。

当洒满真正的阳光的时候，

当终于懂得，已经时过境迁。

不管谁在门口安慰，

我都会回答，早就忘了。

人们将失去的一切潇洒地刻在胸前。

总是，总是，

好像什么都没发生过一样，迎接明天。

真白唱歌的功力不凡，令人听得如痴如醉。一曲唱完，七海冲着真白鼓掌。

"这歌真好听。"

"之前有人发链接给我。我听了好多遍，全记住了。"

"这是松任谷由实还叫荒井由实那时候的歌曲，第四张专辑《第十四个月亮》中的一首。"

钢琴师告诉她们。

"《第十四个月亮》……"七海嘀咕，"说的是十二月之后再过两个月吗？二月？"

"不，是从满月开始的第十四个月亮，就是新月的意思。"

"新月……新月是指什么？"真白问。

"是指看不到月牙的漆黑的月亮。"七海说。钢琴师点点头。

"满月之后，从第二晚开始，月亮就慢慢缺失，也就是说与慢慢消失的满月相比，今后慢慢变大的新月更好，这首歌是这个意思。"

"好老的歌啊。"真白说，"我还以为是最近的歌呢。"

"啊，这种事是常有的。"

"有的有的。"

要离开时，真白准备结账。七海不让，要求 AA 制分摊，总不能让第一次见面的人请客。

出了酒吧，两个人向涩谷车站走去。难得兼职打一次工，却去了居酒屋，又进了酒吧，今天还是赤字。唉，算了。要是没有这样的日子，生活也很无聊。

步伐蹒跚的真白转过身来。

"呀？纪念品在哪里？"

确实，两个人都没有拿装着纪念品的白色纸袋。

"忘在哪里了？刚才的酒吧里？"

"一起回去取吗？"

"算了算了。有舍弃的神，就有眷顾的神。"

真白嘟嘟地朝前走去，不跟紧一点几乎就要追不上她。

"到处都是人啊。"真白说。

"这里是东京嘛。"

七海摇摇晃晃地努力追赶真白。

"唉，在这种地方消失掉一两个人，谁都不知道。"

"就是说嘛。"

"你家在蒲田，是吧？要我送你吗？"

"你准备怎么送？"

"出租车，出租车！"

"不行，不能浪费钱。"

"没事，没事。"

真白从可以拦出租车的十字路口探身向行车道招手，突然有人从身后拍了拍七海的肩膀。

"这位客人，您忘了东西。"

转过身一看，刚才那家酒吧的店员正抱着装有纪念品的白色纸袋。

"啊，太感谢你了。"

七海接过来，在鞠躬致谢的时候，真白的身影消失在了视野中。

"呀？去哪里了？真白，你在哪里？这是你落的东西！"

但不管往哪边看，都没有真白的身影。七海掏出手机，给刚才登录的账号发送短讯。

　　@康培内拉
　　真白，你在哪里？

七海又一次环顾四周，朝着车站走去的人实在太多了，在这里找人太困难了。她又看了看手机，再次念了念真白的账号。

"瑞普……凡……温克尔……"

《瑞普·凡·温克尔》是美国小说家华盛顿·欧文的一篇短篇小说。一个名叫瑞普·凡·温克尔的男子有一天在森林中迷路，遇到一群陌生人，和他们一起喝酒，结果睡了过去，醒来时发现周围一个人都没有。回到家，发现美国已经从英国的统治下独立，妻子也早已过世，孩子们都长大成人了。就在他睡觉期间，已经过去了二十年。一个像日本的浦岛太郎般的故事。

"瑞普·凡·温克尔。"

七海又念了一次。

这么说来，今天就像是瑞普·凡·温克尔般的一天。参加陌生人的婚礼，和一群陌生人喝酒，等到明天睁开眼睛，世界已经变成了二十年后，那该怎么办？那会是怎样的世界呢？这个手机还能用吗？

七海暂且先给真白发短讯。

@康培内拉

谢谢你。晚安。瑞普·凡·温克尔。

第二天，七海上 Planet 看了一下，没有瑞普·凡·温克尔发来的短讯。自己发送的短讯也没有标记"已读"。她再次想起 Planet 不过是个小众网站。不登录这个网站，昨天的短讯是不是就永远送不到了？ Planet 的用户真寂寞。

第十五章　女仆

半个月之后，酒店的工作差不多干得得心应手了。七海心想，能运动身体的活儿也不错。要是待在房间里整天郁郁不乐，又会怎样呢？

观察进进出出的客人，经常会发现不可思议的事情。某个房间住进了一位像是公司职员的男子。不一会儿，来了一位看起来像是他女友的女人，刚到门口，又马上回去了。接着又来了个女人，敲了敲门，进了房间。七海诧异地看着这一幕，高田克子有时会给她解释一下。

"那是应召女郎。"

"应召女郎？"

"风俗业嘛。第一位丑了点，所以被取消了，就是换人了。于是这次送来一位稍微像样点的。"

应召女郎这个词倒是听说过，只是具体在房间里做些什么呢？关于那一部分的知识，七海完全没有。不一会儿，那个房间里传出奇怪的声音。

"是在卖春?！"

"说得真难听，但就是那么回事。"

有时也有上了年纪的女人进入房间。

"那个就不是了吧。"

"也是的。"

"你骗我的吧。那位也卖春?"

"和卖春的说法相对应，可以叫作卖秋。仅凭一个电话就去陌生人那儿，真是有性格。我可不行，做不到。"

高田克子露出苦笑。

但是，职员波多野说，其实高田到了晚上也会去别的街区卖春。她确实是上了年纪，就算在约会网站上填了资料，到家庭餐厅等着人会合，也几乎都被放鸽子。一个月能逮到一位，对她来说就算是生意好的了。这份兼职不适合她。

"高田还说大话，说什么在找恋人。恋人是恋人，工作是工作，不分清楚可不好。"波多野说。

另一位职员小谷说，那个波多野其实是在做成人交际。据说成人交际是约会网站上不求恋爱，只以卖春为目标的隐语。波多野做成人交际已经有十多年了。据说这家酒店里没有不知道的。小谷的见解是：不论对谁，波多野都喜欢编些难听的闲话，恐怕那些都是她自己的经验之谈。高田对电子产品一窍不通，大概连怎么用约会网站都不知道。

"再过几天，你也会被波多野编上些奇怪的闲话。"

没过多久，发生了比小谷的忠告更严重的事件。一天晚上，有人敲七海的房门，打开门一看，外面站着一个陌生的男人。他冷不防地说了一句：

"没事吧？可以进去吗？"

"啊？"

"多少钱？"

"啊？"

七海慌忙关上了门，透过猫眼往外看，看到那男人扫兴地离去的背影。

第二天一早，七海跟经理说了昨夜发生的事情。

"可能是波多野吧。"

"波多野怎么了？"

"哦，可能是她把客人叫来的吧。"

"客人……"

"故意让人不痛快。"

"故意让人不痛快。为什么呢？"

"不知道，对很多人那样做过，故意找碴儿。特别是你，因为你住在这里。最好多留意点。"

来这里还不到一个月，就碰到这种麻烦事，七海感到不安。

"这只是一份兼职，一份单纯的工作，一般不都希望工作后好好下班回家吗。但还是有人时不时把复杂的人际关系带进来。什么嫉妒啊，爱憎啊，弄得乱七八糟，纠缠不休的。问了问同行，也有的地方没有这样的事情。是不是咱们店风水不好啊。波多野还算好的。

以前还有更过分的呢，不过那个人已经辞职了。"

"是吗？"

"你想辞掉工作？"

"不不，好不容易争取到的工作，我会努力干。还请多多关照。"

"有什么事就来告诉我，我不会伤害你的。"

这时，高田克子出现在他的身后。

"经理就是这样对年轻女孩色眯眯的，被交际女抓住了弱点。"

"什么交际女，大家都是同事，快别这么叫了。"

"高田也被波多野讨厌了吗？"

"你说得还真直接。"

"啊，对不起。"

但是，每次说着这种无聊的事情，七海就感觉自己好像成了这里的一员，甚至觉得是种小小的幸福。

傍晚时分，七海购物回来，发现安室正在等她。

"皆川，出去买东西了？吃晚饭了没？"

安室指了指七海手里拎的袋子。

"嗯，是的。啊，前阵子真的太谢谢你了，还请继续关照。"

"客气客气。你喜欢这份兼职工作吗？"

"怎么说呢。很刺激，不过我也没有什么选择的余地。以后还请多关照。"

"哦。说不定这种兼职正适合你。你找过房地产中介了吗？"

"没，还没……啊，现在倒有时间！"

"太好了。"

"啊？"

"另外有份兼职。"

"是什么？我干得了吗？"

"女仆。住宿的女仆。"

"女仆?！"

"因为要求住宿，所以不用考虑房租，和这里比起来，报酬非常好。一个月一百万日元。"

"一……一百万日元？"

七海连声音都变调了。

"怎么样？"

"嗯，不过……要做些什么呢？"

"因为是女仆，就是要干全部的家务活，像打扫卫生、洗衣服之类的。"

一百万日元的女仆是什么模样，完全想象不出来。

"有部电影叫《百万美元宝贝》。"

"那又怎么了？"

"你说一百万日元……我只能想到这个。"

"百万美元是一亿日元哦，那可是挣不到的。暂且先去那边看看吧？"

"好……"

"我开车送你过去。"

"可是，现在这份工作还不能马上辞掉。上周刚有个人辞职，现在人手很紧张。"

"酒店那边，我会处理的。"

"可是……"

一向置身事外的安室，这天不知为什么一反常态，态度很强硬。说着，两人走进了酒店入口。前台的女孩抬起头来。

"欢迎光临。"

安室突然快步赶到七海前面，蹲伏在地上。这是要干什么？仔细一看，他跪在了那里。

"七海，是这样的！都是我的错！回家吧！"

"什么？"

经理也从里面出来了。安室站起身，一把抓住经理的肩膀。

"谢谢您照顾我妻子，还请帮忙办理退房手续。兼职工作，我会安排其他人来的，拜托今天就办理。"

安室打开钱包，在收银台的托盘里放下一张张一万日元的纸币。

"不用找零钱了。"

"啊，已经够了。"

经理不由自主地举起双手，深深低下头。安室就这样强行领走了七海。七海目瞪口呆，事到如今，只能跟他离开了。安室让她收拾行李。

"安室，太强人所难了！"

"对不起，因为感觉要花很多时间。要是你反悔，就难办了。"

"就算这样，我也没决定要干啊。"

"不过，现在这儿的工作已经没有了。你的房间也退了。"

"太强人所难了！"

"据说，人生来点异想天开会更有趣的。"

"这也太异想天开了，安室！"

安室轻松地拎起两个大行李箱，搬到自己车的后备厢里。七海和高田、经理，还有剩下的员工告别。

"这些天承蒙您的关照。"

"以后有空常来呀。"经理用温柔的语气说。

"是，谢谢您。"

"一定要幸福。"高田含着泪说。

"是！"

七海也泪眼汪汪。多好的人啊，她漫不经心地想。经理和高田的眼睛里充满了怜惜。原来七海是从丈夫身边逃出来的，这位丈夫怎么看都不像是个正经人。好不容易跑出来了，却又被抓回去，接下来要受怎样的惩罚啊。他们的脑海中一定冒出了这样的情节。那是当然，在这个风俗店林立的小镇上，这种场景并不少见。

"安室，你要是去干电话欺诈，肯定很拿手。"

"哈哈，连我自己都觉得很适合。这次可是一笔大单子。要是错过了，说实话我会心疼的，所以才要拼命。"

"我接下工作，你也能挣到钱？"

"当然。我干的就是这种工作。"

"那么，可以稍稍回报你一些了……但像我这样的人，能帮上忙吗？"

"完全没问题。"

"一个月一百万日元，究竟要怎样打扫才可以？"

七海叹了一口气。

"我们要去哪里？"

"稍微有点远，要花一个小时左右。"

"哪里？"

"箱根。"

"箱根？去那么远？"

"箱根也不远啦，不是有个箱根接力赛吗？那是人类能够跑到的距离。"

"听你这么一说，意外地近啊。"

"很近的。"

车子从高速公路的箱根口下了高速，在盘旋的山路上行驶了二十分钟左右。从弯道和森林缝隙间，不时有美丽的山跃入视野。

"啊，好美的山！这山叫什么名字？"

"呃……富士山。"

"呀，富士山，居然这么近？"

"说近吧，因为山很大，极其的大。从这里到山脚下，差不多就是东京到川崎的距离。再到山顶，差不多就到横滨了。"

"和平日看到的富士山形象很不一样啊。"

"角度问题吧，因为我们是从侧面看的。"

从不熟悉的角度看到的富士山，给人一种独特的凶猛感与生命力。

"这样看，富士山是座火山啊。"

"就是火山。很危险的。谁都不知道它什么时候会爆发。"

不一会儿，车子驶入密林，富士山看不见了。从林间能隐约看到别墅类的建筑。终于，汽车导航告知"到达目的地附近"。

"啊，就是这里。我们到了！"

生锈的铁门大敞着。安室开车穿过大门，在空地上停下。两个人下了车。

"是这里吗？"

"是这里。"

这是幢老旧的西式洋房，玄关前有十多级台阶，两个人拾级而上。

"这里是什么地方？"

"原来是一家餐厅，现在的业主买下后，由于他大部分时间生活在海外，在东京市内也有家，一直没住进来，就这么空着。其实，在这幢空房子里住下来，就是你的工作。很不错的兼职吧？"

"会有这么好的事情吗？"

安室站在玄关的大门前，打开锁。

"听说还有一位女仆住在里面。打扰啦。"

没有人回应。

"不在家？请进。"

说着，安室走在了前面。七海提心吊胆地跟在后面。里面乱七八糟，到处都是东西，根本想不到会有人住在这儿。

"打扰啦，有人在家吗？"

"真够乱的。"

"女仆好像现在不在家。这……真是不会干活的女仆啊。"

"不过比起一个人来，有人做伴实在太好了。一个人住在这儿有点害怕。"

走进一楼，里面的情况更是夸张。那样子简直像是舞会后的残局和平日里的生活垃圾层层堆放在一起。

"最好先把这里收拾出来。"

"啊，是啊。"

七海环顾四周，束手无策。

"究竟该住在哪里才好呢？"

"住哪儿随你的自由。啊，这里有卧室……是卧室吗？"

一楼有一角用屏风隔开来，那里有张大沙发，看起来是在当床用。枕头和毯子还保持着起床后摊在那里的状态。衣服和化妆品散乱一地。

"这里已经有人住了，应该是那位女仆吧。"安室说。

上二楼去看了看，上面有两间卧室，一间改成了衣帽间，有几身女仆服挂在衣架上。

"要穿这样的？"

"唔……穿哪件都可以吧？"

那儿还有好几个衣架，挂着看起来很高级的外套和礼服。即便这样，还有很多衣服挂不下，在房间的一角堆得高高的。那些衣物的空隙中露出一张床，只有床的四周有一丝收拾过的痕迹。

"是请你在这里睡觉的意思吧。"安室说。

另一间卧室是个奇妙的房间。房间的正中央放着一张床，床的四周呈五角形放着大小和形状不一的水槽。白色的水母在里面游动。

有的水槽里游着陌生的鱼，还有的水槽里面什么都没有。这里没有一点垃圾。所有的百叶窗都关着，水槽的照明营造出一种庄严神圣的奇妙氛围。

"喂这些水母也是工作之一吗？"

"是的。"

"该怎么办呢？这些事情该问谁才好呢？"

"还有另一位女仆，详细的事情问那个人吧。"

"要干的活儿相当多啊。"

"相当多。看起来你会很忙的。"

"好！"

七海不可思议地提起了精神，心想，要加油干哦。

两人走出门，从车上取下行李箱和挎包，搬进卧室。

"我一会儿该回去了，帮你画了附近商店的地图。到哪儿都是走个二三十分钟就到了。"

"这倒没关系。"

门前停着一辆自行车，没有上锁，淋了雨，稍微有点生锈。

"这辆自行车应该可以骑吧？"

"啊，是的。"

"那么，暂且就这样，你要好好干。"

"安室，真的很感谢你。"

"不不，别在意，因为你是兰巴拉尔的朋友。"

说完一如既往的客套话，安室返回了人间。七海环顾四周。

在这样的深山里……

这么想着，她突然感到不安。

回到楼里，七海先打开行李箱收拾东西。首先要确保自己的生活节奏，不然就安不下心来。

太阳落山了，心里还是惶惶不安，那不安转变成了恐惧。这也许比想象的更令人痛苦。七海从手机的广播APP中选了个频道，放出声音。有人的声音在，就稍微安心一点。在包里一翻，傍晚买的便利店的袋子露了出来。那是今天的晚饭。七海几口就吃完了。暂且先睡觉吧，她换上睡衣钻到床上。

"啊，好舒服！"

比起酒店里的床，这寝具松软得简直不真实。但是有点恐惧，怎么也睡不着。女仆服映入眼帘。明天要穿这身衣服？

反正也没人看到，她决定先穿上看看。换好衣服，自己的身影映在镜中，不觉得那是自己的形象。就是秋叶原的女仆咖啡馆里的那副模样。七海穿着这身装扮躺在床上，想起了安室的话。

"异想天开……"

她口中轻轻念着这个词，感觉自己就像是奇幻世界里的主人公。

"异想天开。"

恐惧稍稍淡去。这个词有种魔力。相信魔法的力量吧。七海稍微开心了一些。紧张感得到了缓和，睡意突然袭来。七海就这样穿着女仆服，仿佛被施了魔法，陷入深深的深深的睡眠中。

第十六章　公馆

黎明时分鸟鸣声的嘈杂，是都市里无法比拟的。这儿简直是野鸟的乐园。七海不由得睁开了眼睛，身体却动不了。或许是离开家之后的紧张和疲劳一下子爆发出来，她再次沉入梦乡。

朝阳洒进房间，不过七海还是继续睡着，上午九点刚过，有人抓住她的肩膀摇晃。

"早！早！早！早！"

出现在眼前的竟然是里中真白。真白就在七海的身边躺下了。

"……啊。"

"早！"

"呀？"

"已经是早上了！"

"什么？哎？……呀？"

"已经是早上了！早上九点了！"

"哇，怎么回事？"

"什么怎么回事？我是这里的女仆。"

"呃?！"

"听安室说了。听说你从今天开始在这里干活。"

"呃？真白你也在这里？"

"对啊，我已经在这里三个月了。"

"这样啊……"

"快，起来起来！首先我得带你看看房子。"

真白强行把七海从床上拉起来，快步开始带路。

"看，这里是楼梯。"

"安室知道吧？他却什么都不告诉我。"

"是我要求他对你保密的。"

两个人下楼来到一层。

"这里是客厅。"

"真大啊！"

"那边的门后面是厨房。原来是餐厅的厨房，所以很大，以后可以好好地参观。"

真白指着客厅的一侧，向反方向走去，来到被屏风隔开的那个地方。

"这儿就是我的私人房间。"

真白就这样从一头跳到散乱的沙发上。

"晚安。"

"呃？你这就睡了？"

"睡觉！我刚从银座喝酒回来！"

"银座?!"

"已经起不来啦。"

"你稍微等一下。我还有很多事要问你。那个……啊，这件女仆服必须要穿吗？"

"说是这么说。不过你已经穿上了呀。"

"不，只是试穿一下罢了。"

"女仆如果不穿女仆服的话……晚安……"

"啊，等一下。那些水母的饵食该怎么办才好？你知道吗？喂，真白，起来。我从没养过那种东西。"

"很简单，因为有喂食指南。按照喂食指南去做，特别简单。你一直睡到刚才吧，现在轮到我睡觉了。哎呀，不教你怎么照顾水母的话……"

"啊，对！拜托啦……真白？"

但是真白已经睡着了，也不忍心硬拉她起来。七海不管真白了，离开了那里。屏风外面就是垃圾山。她叹了一口气：该从哪里开始收拾呢？首先必须想办法，从活的生物开始入手。

"水母，水母。"

七海给安室发短讯。

@ 康培内拉

你知道怎么喂水母吗？

没有回复，不过电话马上响了。

"喂喂，你那边怎么样了？"

"总有办法的。还没开始呢。现在正要开始。"

"我想打扫卫生就够你受的，加油哦。你问的是水母吧？要查一下吗？"

"谢谢。拜托你啦。对了，还有一位女仆，就是真白。"

"吓了一跳？"

"吓了一跳！"

"是她让我别说。"

"不过是真白，真是太好了。"

"是吗。"

"你想想，电视剧里的女仆前辈不都很可怕吗？"

"真白不可怕吧？"

"不可怕！"

"我可怕哦。我先去查查水母。"

"对不起，拜托啦。"

"还有什么困难的事情吗？有的话请说。"

"暂时就这个，谢谢。"

水母的事情先等一等消息。挂上电话后，七海挽起袖子开始收拾房间。首先得好好转转整幢楼，这么多垃圾，该收拾到哪里去呢？对了，垃圾回收日究竟是哪天？该怎么分类呢？大件垃圾该怎么处理？

推开厨房的门一看，那里面也是混乱一片。想做饭都不太可能。来到屋外，在后院里发现了一个小小的焚烧炉。可燃物大概可以在这里烧掉。打开盖子一看，里面残留着烧过各种东西的痕迹。烧剩下的皮鞋还滚落在炉底。皮鞋居然会在这种地方，简直就像在烧人一样。焚烧炉的边上是垃圾放置处。家具、沙发、瓦楞纸箱随意地扔在一起。只要运到这里来烧就可以了吧。但那些不可燃物又该运到哪里去呢？

七海暂且先收拾玄关，把堆在那儿的东西和垃圾搬到后院。仅凭一个女人的力气是搬不了大件东西的。她把体积大搬不动的先搁在一边，集中收拾小东西。干啊干，怎么也干不完。正干着的时候，一个陌生男子敲了下玄关的门。

"接到安室先生的联系，我姓滑，负责维护这里的水槽。"

"啊，请进。"

七海战战兢兢，总觉得那男人形迹可疑。也许是在意女仆服的缘故吧，他的视线在七海的胸部和脸上徘徊。七海被他的视线弄得不知所措，带着他进了屋。

"只要教一些基本的东西就可以了吧？"

"是，啊，您请。"

"打扰啦，其实不是很难。"

"是吗？"

"是的。"

滑不用带路，径直朝着二楼有水母的房间走去。

"热带鱼呢，水的管理是关键。只要注意这一点，其他的就很容易。每个品种喂食的时间不一样，不弄错就没事。"

他走进房间，轻轻敲了敲最近的水槽。

"这是鳐鱼。"

"呃？这里不是空的吗？"

"有鱼啊，在这里。"

仔细看去，有什么东西潜藏在沙子里。滑敲了敲水槽，鳐鱼受了惊浮上来，在水中优雅地转了一圈，又潜入沙子中。

"哇！"

七海不禁欢呼起来。

"鳐鱼，是鳐鱼翅的鳐鱼？"

"是鳐鱼翅的鳐鱼。尾巴有毒针，绝对不能碰。然后是……"

滑指着稍微小一号的水槽，里面游弋着各色各样的彩色小鱼。

"有各种各样的啊。这是什么？"

"这是饵食。"

"饵食？"

"是的。是这边的。"

滑指了指边上的水槽。

"呃？这里也有东西吗？"

那个水槽也让人觉得是空的，只看到沙子上滚落着几个椭圆形的贝螺。

"这是芋螺。"

"芋螺……啊，你是说这些螺。"

"顺便说一下，这些也是有毒的，绝对不能碰。"

"什么？"

"鳐鱼喂这种专门的宠物鱼食，一天两次。芋螺吃活的小鱼。

你从这边捞起来，搁进去。搁进去的小鱼没有了，就再搁一些。"

"呃？这些螺吃这种小鱼？"

"是的。它们会射毒针，就像发射导弹，靠这个射中游动的小鱼。"

七海惊讶地看着水槽。那怎么看都是普通的细长条的螺。

"这些螺真的不能吃。实际上谁也不吃。"

"有毒的鱼很多啊。"

"可不仅仅是鱼哦。"

滑指着前方一个没有水的水槽。仔细看去，铺着沙子的底上有像虾一样的生物，一动不动。

"这是什么……小龙虾吗？"

"蝎子。"

"蝎子？"

旁边的小水槽里也有虫子。

"这是什么？"

"蟋蟀。"

"啊，蟋蟀。"

"那是蝎子的饵食。"

"这也是饵食！"

"然后这边。"

那边也是个没有水的水槽。南国植物的叶子上有只像青蛙一样的生物，身上的颜色从来没见过，是极其浓艳的红与蓝。

"哇！这是什么？"

"箭毒蛙，一种有毒的蛙，皮肤会分泌毒素，所以绝对不能碰。"

"呀，为什么要和这些东西生活在一起？"

"呃，只能说是兴趣爱好吧。因为它们都很老实，只要我们不伸过手去，就没有危险。我的朋友中有个家伙养蟒蛇，就在家放养。那是很危险的。蛇一般很老实，但偶尔也会袭击人。要是被袭击了，连一小会儿都支撑不了。据说瞬间就会卷住人的全身，迅速勒紧，让人肋骨折断、窒息死亡，然后从头部开始把人吞进去。和那个比起来，这里的主人做了相当不错的选择。"

就算他这么说，七海也无法顺从地点头附和，她换了个话题。

"我今天开始在这里工作。这里的主人是做什么的，你知道吗？"

"嗯，不知道。我们没聊过那些，只聊鱼和动物之类的。"

"哦。"

"然后是水母。这家伙，注意水流是重点。"

滑抽出搁在水槽下方的活页夹，翻开来。

"这是喂食指南。嗯，这里几乎都写着了。只要按照上面写的做就可以了。毒性和治疗方法也写在了上面。蝎子和水母没什么，那边的鳐鱼和芋螺会死人的，劝你真的别去碰。"

不可能去碰的。七海脸色发青。滑注意到了这一点，不禁为自己说得太可怕而感到狼狈。

"没关系的。会感觉不舒服，不过很快就习惯了。也有种说法，不喂箭毒蛙吃原产地的蚂蚁和螨虫，就不会生成毒素。现在只能喂它们日本产的蟋蟀，说不定已经没毒了。但为了避免发生什么可怕的事情，还是不要碰为好。"

七海脸色惨白地用力点头。什么样的安慰都没有用。她能理解的是，这里全都是出乎意料的危险生物。这究竟是个怎样的房间啊，每天还不得不进来喂它们。她感到头晕发冷。

"虽然我绝对不会主动触碰它们，可是，喂食的时候，它们会不会飞过来？"

"有毒的生物基本上都很老实。主动袭击人的情况还没发生过。不过，这里是山里，有时大胡蜂会筑巢，发现敌人时就会发起攻击。在日本，这是最可怕的。但现在不是季节。"

一通说明结束后，滑给了七海名片，说有什么事就往这里打电话，然后开着一辆有年头的轻型卡车离开了。七海目送滑离去，在玄关边上像是扔着又像是放着的单人沙发上躺下来。

"呼，啊，呼。"

疲劳一下子袭来。这世上还是没有又轻松薪水又高的工作啊。回过神来，她发现早饭和午饭都没吃。看看手机上的时间，已经下午两点了。

七海借用了搁在玄关边的自行车，按照安室给的地图去寻找附近的商店。骑自行车单程也要花二十分钟。下坡路很轻松，上坡就不得不推着自行车走了，相当的吃力。好不容易来到了货品稀少又简陋的乡下酒铺，买了炸肉饼面包、豆沙馅面包和瓶装茶。没有太多的选择。买东西时，她顺便向店老板打听了一下。

"那个，附近的垃圾该怎么处理好呢？"

"啊，垃圾？垃圾……你从哪里过来的？"

"东京。在上面的公馆里干活。"

"哪幢房子？"

"哪里来着？那个……原来是餐厅，白色的洋楼。"

"啊，原来是餐厅，就是那儿啊，法式的店？"

"哦，法式的还是意大利式的……"

"法式的，名字叫 Belle Époque [1] 吧？"

"是吗？ Belle Époque ？"

"现在有人住里面吧。一个女人。"

"啊，就是那里。从昨天开始有两个人了。"

"哈哈，是吗？你来这里购物？走着来的？"

"不，骑自行车。"

"那可真够呛。你打个电话，我会送过去的。"

"真的？那太谢谢了。"

"看，这是电话号码。"

店老板指了指系在腰上的围裙。上面有店名和电话号码，七海用手机拍了下来。

"太棒了。"

"要我送你回去吗？"

"啊，没事的。我一个人可以回去。"

七海谢绝了店老板的好意，走出商店，忘了还没有得到有关垃圾的回答。道路虽然相同，但是上坡路多了一倍，结果花了四十分钟。让店老板送回来就好了。这样的话，说不定步行往返更轻松。中途感觉不舒服，用购物袋里的茶水润了润嗓子。好不容易回到公

---

[1] 美好年代之意。

馆时，瓶装茶已经空了，后背全是汗，太阳也下山了。

在昏暗的客厅角落里吃了炸肉饼面包和豆沙馅面包。炸肉饼超乎想象地干，七海苦战了一番，因为茶水已经喝光了，肉饼难以下咽。她咚咚地捶了捶胸，继续吃。这时，真白起床了。

"早。"

"早上好。"

真白打开冰箱，取出一公升的瓶装水，然后拿了两个玻璃杯，一个倒了七分满的水，咚地搁在七海面前。她正想道谢，嗓子又被堵住了，说不出话来，赶紧喝了一两口，终于说出了"谢谢"。真白在另一个杯子里倒满了水，几乎要溢出来，然后一口气喝干。

"好喝，嗓子干得要命。昨晚一直喝一直喝，喝多了。"

"早上好。"

"你在吃什么？"

"啊，午饭，晚了很久的，顺带连晚饭一起。"

"那是怎么回事？便利店买的？"

"啊，不，一家酒铺。"

"啊，佐佐部酒铺吧。你走着去的？"

"自行车。"

"骑自行车！那可太费劲了！为什么不吃冰箱里的东西？"

"那太随便了……我做不到。"

"吃吧，拼命吃再拼命补充。你不觉得冰箱空了，就会让人感觉不安吗？"

"不，我喜欢只放最少的东西。"

"呃？真的吗？没有储备的话，要是发生大地震，不就饿死了？"

"啊，是哦。"

真白从冰箱里一样接一样地掏出一大堆东西，甚至开始像意大利餐厅的服务生一样说明。

"来，这是凯撒沙拉、水芹凤尾鱼沙拉、牛油果金枪鱼沙拉、意式薄切红鲷鱼、腌红萝卜、法式炖菜、熏鲑鱼、烤牛肉，在法国面包上浇点橄榄油和红酒醋，请享用。"

"呀，这么多吃得了吗？"

"不用全部吃完。"

真白夹了一片眼前的鲑鱼，啊呜一口塞进嘴里。

"这些菜是怎么回事？"

"什么怎么回事？"

"在深山里，怎么有这么多菜，不会是你做的吧？"

"当然不是，外卖呀，什么都可以叫外卖。"

"这一带还有这样的服务？"

"有有。只要开口，佐佐部酒铺就可以送水啊酒啊过来。"

"店老板是这么说来着。"

"来，别客气，吃吧吃吧。我也要吃。肚子饿啦。喝什么葡萄酒？红的还是白的？"

"真白，你不是已经喝多了吗？"

"酒精已经挥发了，必须再补充。咱们喝红酒吧，红酒含有多酚，有利于健康。那里有红酒杯，帮忙拿两个出来。"

真白指的地方有个瓦楞纸箱，几个刚买的红酒杯还裹着包装纸装在箱子里。真白取出的红酒瓶，也是从瓦楞纸箱里拿的。原来如此，这里不仅有用旧了的垃圾，还有快递送来后没拆包装的东西。这下收拾起来可就头疼了，并不是统统扔掉就行。

七海露出为难的表情，真白拍拍她的肩膀。

"喂，怎么了？去洗洗杯子吧。"

"啊，好。"

洗好的杯子搁在桌上，真白细心地倒着酒，像侍酒师的动作。

"来，干杯，欢迎欢迎，叮！"

在真白的催促下，七海也举起了酒杯。响起了美妙的声音。

"请多关照。"

"我也请你多关照。真的，你能来太好了，因为一个人住有点寂寞，好像要死了似的。"

"我明白。昨天我一个人在这里睡觉时，也是孤独得像要死了似的。"

"是吧。这里虽然是个奇怪的地方，住惯了也不错。空气又干净，离温泉也近。"

七海稍微吃了点菜，说了一下情况。

"上午，来了个姓滑的人……"

"哦，滑啊。"

"关于宠物的事，大致明白了。"

"哦，是吗。"

"因为你还在睡，我就稍微收拾了一下玄关。明天收拾这边。太乱了，生活不方便啊。"

"太好了。"

"就算这样，这家的主人也太那个了，东西到处乱摊。"

"不，这些是我干的。"

"呃？"

"我在这儿生活了三个月，就这样了。要是被业主看到了，可能会被解雇吧。"

"呃？不太妙啊。"

"是不太妙。我是不会收拾的人，一直是。屋子是这样，人际关系也是这样。所以拜托七海了，帮帮忙。"

真白对着七海深深低下头，双手合十。

"一起干一起干，加油！"

"哇，真是可靠的人！"

虽然是半开玩笑，七海还是为真白的信赖感到开心。

"不过，这里的主人究竟是怎样的一个人？"

"不知道。"

"不知道？"

"嗯，没见过。"

"哦？究竟是怎样的人呢？有这么棒的房子，却一直空着不住，是太有钱了吧。"

"大概是吧。"

"会不会是需要人手照顾宠物，所以才雇了我们？"

"谁知道呢。"

"为什么要养一堆有毒的生物？"

"不觉得很变态吗？说不定他就躲在阁楼上，一直偷窥着我们。"

"什么？"七海立刻毛骨悚然，不由得看了看天花板。

"这世上可什么样的人都有。"

真白故意用令人害怕的语调这么说。

好久没有和女友聊聊天了，两人度过了一段开心的时光。回到卧室，换上睡衣爬到床上。看看表，已经凌晨两点了。第一天就这样结束了。七海觉得好累，一定能睡个香甜的好觉，一觉睡到天亮。她给手机插上充电线，关掉枕边的灯，把毯子拉过来，闭上眼睛进入了梦乡。

感觉好像有人在盯着自己看，转过头来，发现真白抱着枕头站在那里，不禁让人以为是在做梦。

"呀？你怎么了？"

"怎么也睡不着。我可以睡在你边上吗？"

"呃？"

"拜托了。"

"啊……来吧。"

真白钻进被子，躺在边上。七海终于意识到这不是在做梦。

"睡不着就麻烦了。明天七点要去涩谷。"

"工作吗？"

"拍摄。"

"……拍摄？"

"我说过的，我是演员。"

"啊，对。拍摄啊，真了不起。我叫你起床吧？"

"嗯，没关系的。我能起来。"

"设闹钟了吗？"

"没有。"

"几点起床？"

"五点。"

"呃？只能睡三个小时？"

七海在手机上设置了闹钟。

"七海你好暖和啊。"

"真白，你的脚好冰！"

"我很怕冷。啊，人的肌肤，人的肌肤！"

真白用冰冷的脚去蹭七海的脚。

"好痒啊！我们睡吧。"

真白不听她的劝告，继续戏弄七海，不过一会儿就安静下来，好像睡着了。七海也再次进入梦乡。睡梦中，不时响起擤鼻子的声音。

"真白，你在哭吗？"

这样询问的记忆，直到第二天清晨还记着，也好像转过身，看到真白在哭泣。不过，那些也许都是在做梦。

第十七章　斗鱼

醒来睁开眼睛，已经是清晨。身旁的真白不见了。呀？七海不禁觉得奇怪，看了看表，是早上七点二十分。

"糟了！"

她脸色苍白地起床，在公馆里跑来跑去，满屋子找，都不见真白的身影。

"真白不会迟到吧。她没事吧。"

回到房间，发现枕边有真白留下的字条。

　　　早！你的睡脸好可爱呀！

七海脸红了。

垃圾问题最后还是靠手机解决了。七海输入这个公馆的地址，试着搜索，打开镇公所的网站，在上面找到了详细写着垃圾分类方法和垃圾丢弃方法的页面。还有垃圾收集日历，星期几扔什么垃圾也能在上面找到。这样的深山里居然有和东京市内一样的服务，实在让人感慨。

七海花了一个星期也没有完成打扫工作。客厅比想象的难以下手。把可以扔的东西和不用扔的东西分出来，一会儿搁这边一会儿搁那边，怎么也收拾不好。不过，比最初来的时候好多了。厨房也收拾出了可以做饭的地方。

真白早出晚归，偶尔在家的时候，不是一直在睡觉，就是从中午开始喝酒，没有一丝要帮忙收拾的意思。想来演员的工作很忙，七海对她也很宽容。

真白好像有失眠症，晚上频频钻进七海的床，但是不会一直在，有时回过神来，她已经不见了。有时七海很担心，起来去找她，发现真白在放水母的房间里，无言地眺望着那些生物。

真白什么都从网上买。有时从东京送外卖过来，有时冲动地买一堆款式大同小异的衣服寄过来。说实话，她的生活过于铺张，总是乱买一气。假如靠女仆的工作拿和七海一样的报酬，七海觉得也理所当然。有一百万日元的收入，又是住在房东家，不需要付房租。而且又不管干活儿，每天只是去拍摄现场。不清楚加起来一共能挣多少钱，但大概只要想花，就能阔气地花钱，这样的财力是有的。

七海想，自己究竟是怎样的状态呢？《银河铁道之夜》里有这样一句话。

"啊，好痛快！可以不费劲地挣几个钱，没有比这更好的
事儿啦。"

一提起"可以不费劲地挣几个钱"，就会有种幸福的感觉。但
要是问起"如何不费劲地挣钱"，那就不一样了。每月一百万日元。
除去周六周日，按一个月二十天来计算，一天五万日元。再按每天
工作八小时算，时薪为六千二百五十日元，而且房租还是免费的。
运气似乎太好了，反而让人不安。七海再次想起《银河铁道之夜》
中的话。

"可以不费劲地挣几个钱，没有比这更好的事儿啦。"

每天骑自行车出去一次，只待在公馆里是待不住的。第一天
骑车去佐佐部酒铺，是一次地狱般的体验。不过仅仅过了一星期，
往返更远的商店也不觉得辛苦了。

一天，七海买完东西，骑自行车回到公馆，发现安室在那里
等着。照顾热带鱼的滑也在。

"七海。"

"呀，安室，有什么事情吗？要喝点茶吗？"

"谢谢。我们是受业主委托来的。好像是寄来了什么包裹，收到
了吗？"

"包裹……是什么？啊，寄给真白的倒是收到了一个。你一直
在等吗？"

"不，也没有。"

七海打开大门的锁，让两人进屋，接着从冰箱里取出一份似乎

需要冷藏的、用聚苯乙烯泡沫包装的包裹。

"哇，搁冰箱里了？"

"呃？不行吗？"

"没事吧。"

滑接过包裹，打开盒子。里面装了个透明塑料袋。滑匆忙连盒子一起抱到放水母的房间。

"是什么？"

"还是宠物。"

"这次是什么？"

"是章鱼。章鱼。"

滑把袋子倒过来，沉入装芋螺吃的小鱼的水槽里。最初章鱼吸在塑料袋里，像被整个儿压扁了似的，后来终于舒展开手脚，慢慢爬了出来。

"哇，好厉害，好厉害。"安室发出天真烂漫的声音。

"可是好小，这是什么？"

"一种章鱼，叫篮圈章鱼。"滑回答。

"也有毒吗？"

"有，和河豚一样，含有河豚毒素。河豚只要不吃就没关系。但这家伙如果咬人的话，唾液里有毒，绝对不能碰。真的很危险。"

七海叹了一口气。

"啊，这是什么？真厉害！"

安室叫了起来。转过身一看，安室正看着放芋螺的水槽。一条芋螺附近的小鱼正在挣扎，却又不游走。

"仔细看看。"滑说，"芋螺射出去的鱼叉刺进了鱼身上。看，有条像线一样的东西连着吧？鱼儿被毒素麻痹，被那根线牵住了，所以逃不掉了。"

"麻痹。"安室说，"哇，真残忍。"

芋螺那柔软的身体部分突然变形了。明白那是什么的瞬间，七海差点吓昏了。那是巨大的嘴。芋螺用这张嘴把和自己差不多大的鱼儿吞了下去。安室一脸天真无邪的兴奋。

"呀，这真的是螺吗？螺就是这样的？"

"是的。如你所见，这是普通的螺。"

"残忍，真的很残忍。"

七海已经看不下去了。

"我去泡点茶。弄好了，你们就下来吧。"

说着，她先去一楼了。

在楼下的桌边准备茶水时，安室和滑从楼梯上走了下来。滑很开心地从自己的包里拿出了什么，是装在塑料袋里的生物。

"哇，又是什么？"七海不禁吓得往后一仰。

"今天给七海带了份礼物。"

小小的袋子里装着鱼。

"不用，不用！"

"这个没毒。有没有红酒杯？"

安室顺手从架子上取了个红酒杯。

"滑，这个可以吗？啊，七海，这个借我用一下。"

"呃？要放在这里面吗？嗯，请用吧。"

"借用一下。"

滑往红酒杯里加了点水，把鱼放进去。鱼儿的尾鳍张开了，像花瓣绽开一般。黑色的鱼？不，仔细一看，鱼儿是美丽的紫色。七海不由得叫了起来。

"哇，好漂亮！"

"这种鱼叫铁鱼。战斗的鱼，也叫斗鱼。英文名叫 Rumble Fish。"

"早年科波拉的电影里有这种鱼。"安室说。

"可以用杯子养，你好好照顾它。"

七海勉强收下了滑的礼物。

"我的主业就是这个，开了一家普通的宠物店。下次一定要来我的店里玩，没有那么危险的生物。说到底，这些都是这里的主人的爱好。"

"是吗……两位，请喝茶。"

"谢谢。"

安室在桌边坐下。滑合上包，便要告辞。

"放下工作过来的吧。不过难得来一趟，喝点茶吧。"

于是滑勉强接过来，一口气喝下了整杯热茶。

"谢、谢谢款待。"

"啊，那样喝不烫吗？"

"没事的，谢谢款待，再见。"

七海把滑送到玄关。

"茶很好喝，谢谢。"

"舌头不太灵活。是不是烫着了？"

没事，没事。他摆摆手，行了个礼，开着那辆有些年头的轻型卡车离开了。

回到客厅，安室喝着茶，吃着饼干，观赏着红酒杯里的小鱼。

"谢谢。辛苦你了。"

"在这里的生活怎么样？"

"呃，有点不可思议。"

"哦。不过，暂且还好吧？"

"安室，你的工作没关系吗？"

"我傍晚开工，今天的工作有些郁闷，是摇滚组合的现场演奏。"

"那不是应该很有趣吗？"

"我的工作是召集当托儿的观众。已经召集到九成，还缺一些人，现在在等回音。"

"托儿……是指假粉丝吗？"

"是的，是的。虽然那组合还不错，发了一首奇怪的歌，居然一炮而红了，在小孩子中间非常受欢迎。但之后人气噌噌地下滑。队长兼主唱的父亲是位超级富翁。他是我的委托人。真正的粉丝几乎没有了，所以全部是托儿。托儿也没关系，让场地爆满就行。据说队长上高中时曾经遭受过严重的校园暴力，一直躲在家里，终于能够通过音乐来展现自己。即便是假的粉丝也没关系，只是想让他实现梦想。这故事听起来是不是让人感动得想哭？"

"真是位好父亲。"

"是好还是不好，怎么说呢？我不觉得是好事。其实想对他们俩说，都别任性了。不过这是工作。对了，这件事帮忙保密呀。"

"跟谁说呢？"

"别在网上乱说，因为不能说出委托人的秘密。对着七海，我才说的。我可是专业人士。"

"请别对我说谎。"

"不说。"

"不管什么，都请说真话。"

一直盯着小鱼的安室抬起头看着七海。

"怎么了？"

"七海，你的精神好多了，真为你开心。"

"都是托你的福。"

"没有没有，我没做什么。"

安室害羞了。

但是他这个人不管到哪里都在发挥演技，分不清究竟哪一面是真面目。他似乎丝毫不介意虚实之间的界线，身上有种唯我独尊的气场。这个人究竟过着怎样的人生呢？

想了想，七海发现对这个人毫无了解。

"好了，我该走了。"

说着，安室又伸手拿了块饼干。

花音的课一个月一万日元，工作很轻松，不过对七海来说，这是什么都替代不了的重要工作。

"对，作者想说的是主观表现主义，所以找找'这样想，想这样做'之类的表现，在哪里呢？"

"不太懂。"

"你从后面试着找找。因为一般不会在中间的，大多在后面。"

"老师现在在哪里？"

"呃？在朋友家。"

"离家出走了？"

"不是啦……别问这种问题，学习学习。"

课程结束后，七海正一个人吃饭，真白回来了。

"回来啦。"七海站了起来。

"啊，我回来了。"

"每天都好晚啊。工作很辛苦吧。"

"辛苦！"真白顺势滚倒在沙发上。

"今天来了只奇怪的章鱼。"

"什么？你说章鱼？"

"那叫什么章鱼。什么来着？小小的章鱼。"

"哪个哪个？"

"要看吗？"

"想看。"

两个人去了水母的房间。真白看着水槽。

"哇，好小呀。"

"听说有剧毒。不能碰。"

"哇，真的假的。这么一说，更想碰碰它了。"

"不行，不行！"

"对了，喝一点吧。"

"你不是喝了才回来的吗？"

"只喝了一点，一点点，根本算不上喝酒！"

真白折回客厅，开了瓶新的红酒。

第十八章　深海鱼

　　公馆收拾得焕然一新。七海的卧室原来用作衣帽间，现在也有了点单身女士的闺房氛围。朝阳照过来，阳光透过树叶的间隙摇曳着，鸟儿在婉转鸣叫。在这种环境中睁开眼睛，开始一天的生活，是多么奢侈啊。而这种奢侈得不知何时会受天谴的日子，慢慢地变成了理所当然的日常。

　　就这样睁开眼睛的一天，和往常一样，真白睡在七海身边。记不清她是什么时候钻进来的，这是常有的事。平时真白都从背后抱着七海，像抱着抱枕般熟睡。今天转过身一看，她蜷作一团。看看表，早上七点了。平日这个时间，她早就出门了。

　　"真白，工作没事吧？"

　　没有回答。

　　"今天工作请假了？"

　　摸了摸她的身体，好烫。

　　再摸摸额头和脖子，光是碰一下就觉得烫手。七海拿来体温计量了一下，已经烧到四十多度。是感冒了吧。

"真白，我去叫救护车。咱们去医院。"

但真白不听，说要去工作。

"你不行的。"

"工作不能请假。帮我打个电话……经纪人……"

"还记得电话号码？"

真白伸手找自己的手机。

"啊，我帮你找。"

七海帮真白找手机，在一楼真白房间的大衣口袋里找到了。她回到二楼，询问真白的开机密码。

"密码？……嗯，嗯，1234。"

"1234，真乱来。"

输入她说的数字后，屏幕打开了。

七海翻开通讯录。

"经纪人的名字叫……"

"恒吉。"

"恒吉……啊，找到了。"

七海点击那个电话号码。经纪人恒吉马上接听了。据说现场有人打电话告诉她，真白还没到，她从刚才就一直在拨真白的电话。七海转告了真白的情况，现在的状态根本无法工作。恒吉便往这边赶来。挂了电话，七海在真白的耳边说了说情况。

"恒吉再过十五到二十分钟就到这里了。咱们一起去医院。"

"啊……呜。"

真白发出难受的声音。七海越发不安起来。

"你还好吧？"

"呜……转啊转……脑袋……转啊转……"

不一会儿，后门方向响起汽车的引擎声。出去一看，一位穿着迷你裙的女子一脸严肃地从黑色宝马中走出来。

"啊，这边！"

"啊，真白呢？"

"在这边。"

七海带她到了卧室。恒吉按了按真白的额头。

"哇，好烫！这附近有医院吗？"

"我觉得应该有……我查一下。"

"不用了不用了。横滨我有认识的大夫，带她去那边吧。"

"好。"

"来，怎么搬呢。两个女人……又抱不动她……"

恒吉和七海面面相觑，想了各种搬运的办法。

"这样……这样……不行……这样……啊，怎么办？"

"我试试背她下去吧？"七海试着背了背恒吉。

"哇，厉害！"

"勉强可以吧。"

就这样决定由七海背真白下去。七海费了些力气，把浑身无力的真白挪到背上。在恒吉的帮助下好容易背上她的瞬间，七海一时停住了呼吸。石川啄木的短歌骤然浮现在脑海中。

玩闹着背起母亲，发现是那么轻，不禁泪下，走不了三步。

心不住地怦怦直跳。真白，你为什么这么轻？轻得让人好奇你居然还活着。这么轻，直接背到车上都不成问题。七海把真白放在后座上，自己在边上坐下。恒吉发动车子。七海用力握住真白颤抖的手。

箱根到横滨的路并不是太长。快到医院的时候，真白不安地看着窗外。

"呀？这是去哪儿？"

"医院。"

"医院？不行。我必须去现场。求你了，恒吉。"

真白恳求驾驶座上的恒吉。

"没事的。今天已经和现场的人请假了。"

"不去什么医院！我要去现场！恒吉！"

"已经认认真真地道过歉了！"

"停车！我要下车！"

"下车后，你要干什么？"

"放我下去！放我下去！只要工作就会好的！放我下去！"

真白的力气非常大，拼命挣扎，七海双手都按不住。恒吉停下车，真白一个人打开车门跳了出去，踉踉跄跄地光着脚飞快地走着，终于力气耗尽，瘫倒在地上。恒吉和七海赶忙跑了过去。真白喘着粗气，但目光非常锐利。

"明白了。去现场！去现场！"

恒吉拍了拍真白的后背，借着七海的手，把真白送上车后，给现场打电话。

"喂喂，小洋？怎么样？啊，好的好的好的，是吗是吗。没事没事。那个，真白说要回现场，说要工作。嗯，要问是不是没事了，也不是完全没事，但不能让现场开天窗，只有去工作了。嗯，怎么样……病情是挺严重的，但到了现场，总会有办法的。我有经验的，会好起来的。女演员就是这样，是吧？但要是不行，就给大家添麻烦了。怎么办？嗯，现在带她去，麻烦你们帮忙照顾一下。我先备一个可以替她的人。嗯嗯嗯。嗯，嗯，嗯。好好。不用担心，好好好，那一会儿见。拜拜。"

电话里的内容，七海很多听不明白。听起来像在开玩笑，但挂上电话后，恒吉的表情很严肃，一脚踩下油门，再次发动汽车，从那时开始一直沉默着。真白也一言不发，车内充斥着异样的空气。那和剑拔弩张的氛围不一样，可以说是某种职业的紧张感。

拍摄现场在横滨黄金町的某个酒店。器材车停在附近，工作人员进进出出。一个员工跑了过来，恒吉打开车窗。

"你好，我是副导演铃木。真白还好吧？"

听到声音，真白打开车门，好像什么事都没有似的，英姿飒爽地走了出去。

"后面就拜托您了。"

恒吉和铃木副导演打招呼。铃木回了一礼，追在真白身后。

恒吉通过后视镜看着七海。"我送你回去。"

"不，不用了。就在那附近把我放下吧，我自己回去。"

"没关系的。时间还很充裕。女人必须会撒娇，不管对方是男是女。"

虽然听起来没什么说服力，七海还是听从了恒吉的意见。这个姓恒吉的女人和真白拥有不一样的气息，七海心想。

据恒吉说，她已经和真白认识了将近十年。以前恒吉也做过女演员，当时她更红一些。

"你和真白是什么关系？"恒吉问七海。

"女仆，那家的……"

"真白的女仆？"

"不是……真白也是女仆。"

"真白也是女仆？怎么回事？在玩什么女仆游戏？"

"不，怎么说呢……其实就是管理人，我们俩一起。"

"嗯……还是有些事情弄不明白。"

"是吗？"

"我也不清楚那家伙的事情。她在吃药吗？"

"呃？"

"兴奋剂，违禁药品之类的。"

"不知道。没见过这些东西。"

"平时好好吃饭了吧？"

"呃？啊，是的。"

"吃得正常？"

"是的，我觉得算是正常。"

"这半年来，她瘦了大概十公斤，是不是哪儿不舒服？"

"这样啊。"

"也许最好去医院做个检查。太瘦了，连工作都会没了的。AV女优还是体态丰盈些好。"

"什么？AV？"

"最近那家伙很奇怪，是不是被男人甩了，自暴自弃了……究竟怎么回事？你不知道？"

"不，一点也不……"

出了高速，车子行驶在山路上。

"箱根居然离东京市中心很近啊。下次来泡温泉吧。"

不一会儿就开到了公馆。恒吉穿过正门，特意绕了下小路，把车停在后门。知道这个后门，说不定她来过这里很多次。

"往常我都不去现场的。今天给导演和制片他们添了很多麻烦，也担心真白的情况，我会一天都陪在现场。回来时，我会送她。你不要太担心了。"

"谢谢。"

七海下了车。恒吉也下来，抬头看着建筑，好像有话要说。

"怎么了？"

"你知道这里原来是做什么的吗？"

"听说好像是家餐厅。"

"是的。那你知道现在是做什么的吗？"

"现在就是普通的住宅。"

"不是住宅，是摄影棚。"

"摄影棚？"

"真白也是因为拍摄才来到这里。半年以前吧。她好像非常喜欢这里，从那以后就一直租着这儿。真是傻瓜啊。这种地方也不便宜，一直住下去一定会破产的。"

"什么？这里是真白住的地方？"

"她不是住着吗？"

"我的意思是说，她自己付了房租住的？"

"那当然。我也跟你说，赶紧换个便宜点的地方住。唉，那家伙不听别人劝啊。今天谢谢你了。"

"不，我也得谢谢你。"

"我多嘴说的那些，还请保密。"

恒吉的宝马响起低沉的声音，重新回现场去了。

真白付着这里的房租。这么说来，她就是这里的业主了？

一个人回到公馆，七海心中的不安还没有消除。她思来想去，还是给安室打了电话。

"你好。"

出现在电话那头的安室，背后有种奇怪的嘈杂声。

"喂喂，那个，关于真白……"

"嗯，真白……"

电话中传来孩子们兴奋的声音。

"不好意思。太吵了。今天有人拜托我照顾小孩，十个三岁的小孩。我要死了。"

"对不起，在你这么忙的时候打扰，我过会儿再打。"

"不，没什么。说忙也忙，说闲也闲。因为是些小孩，不用管。怎么了？"

"你知道真白的工作是什么吗？"

"真白？"

"知道吗？"

"她没说吗？女演员呀。"

"不是一般的女演员吧？"

"怎么了？"

"是 AV 女优吗？"

"……是啊。她没有说过？"

"只听说是女演员。"

"嗯，女演员就是女演员。我觉得根本没有错。怎么了？"

"不是，稍微有点吃惊。怎么说呢，从来没这么吃惊过……"

"超出你的常识范围了吧？"

"嗯……也许是吧。可以问个奇怪的问题吗……那种工作能赚到钱吗？"

"那肯定能赚到了。有名的更了不得。那些人都被称作单体女优，只拍一部作品，酬金就有一两百万。而那些没有知名度、光靠名字卖不出去的女优，就只能依靠制作方的企划，被赶去拍什么素人之类的，她们叫作企划女优。一部作品酬金也就几万日元。哎，是便宜啊，不过有的人一天在现场拍两部，一个月拍个三十部，也不能小瞧哦。真白呢，属于企划女优，不过人气相当高，有时也拍单体作品。像这种既是企划女优，又是单体女优的人现在称作企单女优。她就是所谓的企单女优。要看现场拍片的次数而定，我想是相当挣钱的。七海，你对 AV 女优感兴趣吗？要帮你介绍制片人吗？"

"啊……不，不用了……"

"哦。"

"那个，有件事想问问你。"

"什么事？"

"我……是被真白雇的吧？"

安室瞬间沉默了。

"是怎么回事呢？"

"嗯，不好回答啊。"

"请告诉我。"

"那不行。说了就违反合同了。"

"哦，是这么回事。各种各样的事情好像弄得一团糟。不好意思，问了奇怪的问题。你那么忙，还打扰你。"

"没事没事。"

"失礼了。"

"啊，七海。"

"在呢。"

"绝对不要问真白。"

"问什么？"

"刚才问我的问题。"

"……"

"拜托了。"

"明白了。"

"还有，我现在要说的事情。"

"……"

"可以吗？"

"好……"

"'想有个朋友'，这是委托人给我的任务。"

"朋友……想有个朋友？"

"是的。"

"……这就是我的工作吗？"

"是的。但如果只是那样，就太不自然了，所以决定设计成女仆的身份。尽最大可能待在她身边吧，我想她也会开心的。"

"为什么会选我呢？"

"为什么……你合适啊，是我选的。"

"为什么？是因为我手头拮据，缺钱吗？"

"因为我觉得你们会成为好朋友。如果不介意职业，彼此不在意多余的事，我想你们一定会成为好朋友的。嗯，至于那个委托人是谁，就由你想象吧。啊，等等，我还有管孩子的活儿……"

"不好意思。谢谢。"

"喂！到这边来！啊，挂了呀。"

电话挂了。七海深深叹了一口气，把手机搁在膝盖上，茫然地待着不动。这里的主人是真白。

石川啄木的短歌再次浮现。

玩闹着背起母亲，发现是那么轻，不禁泪下，走不了三步。

真白用那么轻的身体背负着我，养着我吗？眼泪流下脸颊，懊恼也涌上心头。自己真没用。

半夜里，听到了汽车的声音，七海奔出屋外。恒吉的宝马回来了。

"帮忙搭把手？"

"她没事了吧？"

"烧退了一些。在现场叫来了医生，打了点滴。"

七海背上真白，来到她客厅的房间里，让她在沙发床上躺下。恒吉坐在枕边，抚摸着真白的脑袋和身体。

"坚持啊坚持，终于坚持到了最后。"

"坚持下来了？"

"坚持下来了，连三个人的都坚持住了。"

"连三个人的都坚持下来了，太好了。"

七海走到屋外，目送恒吉回去。

"真白就……"

恒吉一脸认真地看着七海。

"让她好好休息。我会尽量不安排工作，这段时间就拜托你了，七海。"

"……好。"

七海用力点点头。

目送恒吉的车子在森林中远去，七海回去照看真白。她在蜷着身子躺着的真白身旁坐下，握住她的手，那只手也用力地握住七海。真白的气息仍然滚烫而粗重。

"去哪里了？"

那声音很细，好像要死了。

"去送送恒吉。"

"还以为大家都不见了。"

"我在这里呢。"

"一直在我身边，别走。"

"好。"

真白的泪水涌出了眼眶。七海帮她轻轻擦去。

"我会一直在你身边的。"

不知不觉中睡了过去。朦朦胧胧中，七海四处摸索着，想摸到真白，却一直找不到她。她的手应该在的地方，她的人应该在的地方，都不见踪影。

奇怪？

七海睁开了眼睛。应该在那里的真白不见了。去洗手间了吧。只要别摔在什么地方就好。七海起身在公馆中四处寻找。

探头看了看放水母的房间，真白坐在地板上，抱着膝盖，望着水槽里的水母。

"睡不着吗？"

七海在真白身边坐下。真白手里拿着玻璃杯，贴在耳边。她在干什么呢？地板上有一个小小的盒子，还有从中倒出来散落一地的白色小药片，这一幕映入七海的眼帘。真白像慢动作一般缓缓拾起药片送到嘴里。咔嚓咔嚓，咀嚼的声音响起。她喝了口杯子里的水，又把杯子贴在耳边。

　　"你在做什么？"

　　真白转过头。

　　"睡不着吗？"

　　七海在真白身边坐下，看到真白的膝盖旁有个伏特加酒瓶。还以为杯子里是水，原来不是。七海脸色煞白。

　　"不行！不能喝酒！"

　　"不会醉的，不管喝多少。"

　　"不行不行。会死的。"

　　真白把酒杯贴在七海耳边。

　　"什么？"

　　"听到什么了吗？"

　　"有什么吗？"

　　这么一说，酒杯里确实发出了声音。玻璃杯和头发、耳朵摩擦时，发出有透明感的清凉的声音。

　　"好像在大海中央。"

　　水母在眼前游来游去。真白喝了一口伏特加。

　　"不行！"

　　"不一样了，不一样了。"

她又把杯子贴在七海耳边。

"声音变了吧？"

"啊，真的。"

杯中液体的量变化了，音高也在微妙地发生变化。真白往杯子里倒进伏特加，接着又贴在七海耳边。

"这次是低音。海底的声音。"

"真的……"

七海一边听着声音，一边看着水面，好像真的置身于大海中。

真白嘟囔着："想变成水母……真羡慕水母。"

两个人微微摇摆着身子，听着杯子里的声音。

七海的眼中溢出了泪水。有那么多感受想说、想表达，面对眼前的人，却无法表述出来，这让人多么焦急、无力和懊恼啊……各种各样的想法交织在一起，化作泪水夺眶而出。

七海做出了决定。

"真白，我、要辞去、这份工作。"

"嗯？"

"对不起。"

真白大大的眼睛看向七海。七海从中看到了不安和恐惧。她继续费力地说着：

"真白你辛辛苦苦挣来了钱，用那么珍贵的钱在照顾我，可是，我就像宠物一样没心没肺地生活。"

仿佛被深海的声音包围着，七海的话语也一字一字传到了真白耳中。真白一动不动，好像被勒住似的，听着这些话。七海眼中的泪水止也止不住。

"我很痛苦，所以想辞掉这工作。你也不要再把钱浪费在这幢房子，浪费在我身上了。别再做那个工作了，好好珍惜自己。"

真白突然伸出舌头，将七海脸颊上的泪水舔掉。

"好吃。"

"……对不起。"

"对不起，什么对不起？"

真白凑过来，七海背过脸去。

"你不用道歉。"

真白沿着泪水的痕迹，吻了好几次七海的脸颊。

"为了这眼泪，不管什么我都能舍弃，连命也可以抛弃。"

真白伸过胳膊，抱紧了七海。七海也握住真白的手。

两个人自然地接吻。只有这样做，才能让爱意现出形状，也只知道这种方法、这样的亲吻方式。

"搬家吧？不用这么奢侈的地方，找一间两个人能住下的小公寓。贫穷也没关系。我想过普通的生活，和真白一起。"

怎么会说出这种话，七海自己都不明白，也不清楚这到底是不是自己的本心。真白好像看透了七海的心，说：

"撒谎。"

"没有撒谎。"

"撒谎。"

"没有撒谎。不过……撒谎也没什么不好吧？"

青色的光包围着两个人。

第十九章　落日

七海都说，不要再乱花钱了，真白还是一点都不打算停手。两个人约着去看公寓的那天需要用车，其实租一辆就可以了，而真白仅仅为了这件事，就特意买了一辆新车，这种豪举令人难以置信。

那是一辆红色的阿尔法·罗密欧。经销商的员工将车运到了箱根，真白直接用现金支付。

"不能再这样继续花下去了，将来实在太令人担忧了……"

不管七海说什么，真白一点也不发怵，只是咯咯地笑。

两个人开着这辆车在东京和横滨转了一圈。那天预约去看三家，一边转，真白一边向房地产中介提出各种要求，对方为了做生意有求必应，把符合要求的一户一户全找了出来，最终看了六家。七海和真白两个人在价格上分歧巨大。七海觉得好的，真白觉得太小、太破了；真白满意的，七海又觉得太豪华、太贵了。只能其中一方妥协，不然永远无法统一意见。房地产中介也只能苦笑着站在一边，看着她们俩像说相声般争吵。最后看了横滨的一套房，还是无法做出决定，于是和房地产中介告别，说回去再讨论讨论。

回家路上，真白看到橱窗里挂着的婚纱，兴奋起来，立即冲进店里，任谁也无法阻止。七海没有办法，只能追在她身后。

"难道你打算连这个也买下来吗？这是婚纱啊？你买了准备干什么？"

"干什么？这样的平日穿，当便装穿。"

"怎么可能。"

"这件怎么样？当家居服。"

"这不是家居服！"

店里的接待员过来打招呼。

"您是要试穿吗？"

"哎？可以吗？"

"请，您请。"

接待员发现了站在真白身后的七海。她用视线询问，您也一起试试吗？

"不了不了，我就不用了。"

"来吧来吧！试试又没什么！不用花钱吧？不用花钱就试试吧？"真白说。

"不行不行。咱们该回去了吧，真白。"

七海的恳求，真白完全当成了耳边风。接待员也温柔地劝说七海试穿。

"最近有许多客人来拍摄单人纪念照，其中也有男客人。还有同性恋的情侣。也有和同伴一起来的。各种客人都有。"

真白开心地挑选着婚纱。看到她这样纯真的喜悦之态，不知怎的，七海感到一阵暖意，也不好太招人嫌，就随她去了。接待员帮真白挑选试穿的婚纱，也为七海选了一件，接着带两个人去试衣间。等在那儿的工作人员利落地帮她们把婚纱穿好。真白和七海瞬间化身为新娘。以前的结婚典礼在脑海中掠过，那是不想回忆的心理阴影。不过和真白并肩站在一起，映在镜子里，自己的神态不知何故看起来很幸福。而那时镜子前的自己快被不安压碎了。现在身边有真白在，虽然明白这仅仅只是试穿，七海还是陶醉在那一瞬间的幸福感中。

　　接待员自信满满地说：

　　"难得穿一次，要不要拍一组照片，留个纪念？"

　　"拍吧。是啊，就这么脱了的话，实在可惜。"

　　七海也觉得就这样脱了婚纱确实很可惜。接待员迅速用无线对讲机与其他楼层的工作人员联系。

　　"现在开始摄影可以吗？没问题吗？可以？好，明白了！"

　　专业的工作人员真是心灵手巧，连发型都帮忙整理，没花多少时间就弄好了。两个人再次站在镜子前看着自己的样子。七海不由得大叫"真白好漂亮"。真白也赞叹着"七海好可爱"。两个人就像十多岁的少女一样嬉闹着，在镜子前摆出各种姿势，相互用手机拍照。

　　摄影师带着相机和三脚架出现了。

　　"那么，请随我去拍摄纪念照片。"

　　接待员在前面引路。以为就在这个试衣间边上拍摄，没想到两个人被带到了店外，说是这家店在附近拥有一座小教堂，在外面的台阶和教堂里进行拍摄。工作人员帮忙整理婚纱的裙摆，两个人就这样穿着新娘服饰穿过十字路口，不免感到难为情。过路行人的目光全聚集过来，面纱随风飘拂，摄影师走在前面，一行人前往拍摄现场。

整个摄影过程中，始终是真白指挥着摄影师。拍一下这个姿势，从这个角度拍……她的指令非常细致。

"您应该就是做这类工作的吧，比如模特？这么说起来，好像在哪里见过您似的。"

摄影师说。真白苦笑了一下。

在台阶上拍摄，还是无法避免行人的视线。七海的脸上仿佛要着火了。大家会怎么看自己的装扮呢？一般来说，这种场面，新娘只有一个人，边上是新郎。摄影师开玩笑地说，像是在拍婚纱目录，看起来的确像。

"接下来进去吧。"

接待员打开小教堂的门。鲜红的地毯向着庄严的彩色玻璃和十字架笔直延伸过去。摄影师说，请走在上面。两个人静静地走着，摄影师一边在周围移动，一边不停地按着快门。

"以后会多起来吧。"摄影师说，"女同性恋，男同性恋。日本还远远落后呢。"

真正的同性恋情侣一定是克服了各种障碍，才穿上这身装扮，然后走上这条红地毯吧。和他们相比，我们俩没有任何心理准备就穿上了婚纱，拍摄纪念照片，走上红地毯。真是亵渎！七海在心中忏悔的时候，真白拉起七海的左手。这好像是交换戒指的场面。七海看懂了真白的眼神，和平日不一样，那里面有某种东西。

"好像有个戒指什么的更好些？"摄影师说。

"要不去找找？"

"不……"

摄影师突然架起相机，开始按快门。接待员也紧紧盯住她们两人。

真白的指尖滑向七海的无名指，好像七海左手的无名指上戴着真正的戒指，不，是比真正的戒指更重要的东西。有那样的错觉。不，不是错觉。七海被施了魔法，主动跳进了那魔法之中。泪水接连不断地从她眼中流了下来。摄影师没有放过她的表情，连续按下快门。七海拉起真白的手，缓缓地、坚定地将看不见的戒指也戴在真白的无名指上。真白的大眼睛涌出大粒大粒的泪珠。突然，她放声大哭起来。

七海也不明白究竟发生了什么。无论如何，怎么会哭成这个样子？是开心得哭了，还是伤心得哭了？七海弄不清楚。真白蹲在地上，跪在十字架前，好像在为人生中的一切忏悔般哭泣。接待员和摄影师都默不作声，仿佛自己做了什么过分的事情一样。

真白哭着哭着，突然畅快地笑了，好像什么事情都没有发生过。这更令人害怕。

真白说要穿着婚纱回去，并且用现金买下了她们身上的婚纱。两个人就这样穿着婚纱坐进了阿尔法·罗密欧。婚纱蓬松庞大，工作人员帮忙把裙摆收好搁在肚子上。

真白就这副打扮驾驶着车子。在十字路口停下时，有的行人注意到她们俩，惊讶地盯着车中看。

打开车窗，风吹进来，心情很舒畅。

"呀？不走高速吗？"

"想开车看看大海！"

穿着婚纱兜风，真是异想天开！

七海想起了安室的话。

真白开车沿着海岸线行驶，从横须贺经三浦海岸，过了叶山、逗子、镰仓、茅崎、平塚、小田原，平安到达箱根的公馆时，天已经完全黑了。但兴奋得无法抑制的两个人在桌上摆上红酒和菜肴，干杯。究竟为了什么干杯？今天只是去看了看公寓，回程拍了套纪念照罢了，只不过那时穿的礼服是婚纱。七海这么想着，不禁回忆起左手上戒指的触感，心情激动不已。

不知不觉中，酒劲上头，七海行了个礼，说了这样一番话。

"我做事不够周到，还请多多关照。"

"不不，彼此彼此。"

真白也毕恭毕敬地回礼。

喝醉了的真白拉起七海的手，跳起舞来。脚下直打晃，不过两个人还是跳着，一起弹钢琴玩，简直像做梦般享受着这一刻。玩累了，两个人用尽最后的力气，一口气爬上楼梯，就这样去了水母的房间，穿着婚纱并排跳到床上。

"喂，真的结婚？"真白在七海耳边嘀咕。

"是呀，也许可以的。"七海也用耳语回答。

"结婚吧。"

"好。"

"真的？"

"是。"

"你喝醉了？"

"是呀，喝醉了！"

两个人接吻了，分不清是谁先开始。真白把头埋在七海胸前。

"我呢，去便利店和超市买东西的时候……"

真白的声音有些嘶哑。

"……店里的人把我买的东西装进袋子里，我一直看着那只手，那只手为了我，不停地把点心呀副食品呀装进袋子里。"

"哈哈哈，真白，这是什么故事？"

仔细一看，真白的眼睛里溢出大粒的泪珠。

"就为了我这种人，店里的人不停地装东西。为了我这种贱如垃圾的人。看到这一切，我的心一下子就被紧紧揪住了，很痛苦，好想哭。我呢，其实是有幸福的极限的。再往上就不行了。恐怕我比谁都更快地抵达极限。那极限比蚂蚁还小。这个世界其实充满了幸福。大家都对我很好。快递大叔帮我把重重的包裹搬运到这儿来。下雨天，陌生人还会借我雨伞。可是，轻易就能得到幸福，我会承受不了的，还是花钱买来更轻松。钱不就是为了这个存在的吗？人啊，真心呀、善良呀，看得太清楚了，反而会崩溃。所以啊，大家都换成钱，就当看不见那些东西。七海，别这样盯着我看，我会受不了的。"

真白的眼泪止不住地流，弄湿了头发和枕头。七海凝视着她的泪水。真白的话好像渗透到全身。突然，真白的表情变了，直愣愣的视线一动不动地盯着七海。这个人心里藏着什么深重的黑暗，七海凭直觉感受到。我应该可以挡住那黑暗吧。即使挡不住，也要奋力去挡。她坦率地想。

真白说："你说一句'和我一起死'吧？"

"什么？"

"为我而死。"

"……好。"七海回答。

"真的？"

"是的。"

七海的眼中溢出了泪水。两个人不停地吻着对方。

七海在心中喃喃念着宫泽贤治的《夜鹰之星》中的一节。

请把我带到您那里去吧。即使被烧死，我也心甘情愿。

第二十章　螺和骨

　　第二天清晨，两辆车子相继来到箱根的公馆。第一辆黑色的小型客车里走下一位穿黑西服的男子。他轻轻敲了敲玄关的门，没有回应。试着转了转门把手，门开了，但是男子没有进去。因为就在他抱起胳膊那一刻，又一辆克莱斯勒到了。是安室。安室惊讶地看着男子。

　　"啊。"

　　男子从胸前取出名片递给安室。

　　"我是殡仪馆的，姓堤。"

　　"啊，您好。"

　　"是瑞普·凡先生叫我来的。"

　　"啊，这样啊。"

　　安室准备开门，堤说"那个，门是开着的"。他转动门把手，悄悄推开门。安室走了进去，堤跟在后面。安室不看两旁，直直跑上楼梯，径直朝放水母的房间走去。堤也跟在后面。

两个人走进放水母的房间，穿着婚纱的真白和七海躺在床上。过去看了一下，她们一动不动。堤朝着两人双手合十。安室也双手合十。

　　"这身打扮不得了啊，是 Cosplay 吧。"堤说。

　　"谁知道呢。"

　　"这两个人是什么关系？"

　　"没什么。没有关系。"

　　"没有关系……"

　　"这边这位。"

　　安室靠近真白，碰了下她的手。

　　"哇，好冰。"

　　"别，你最好别碰。"

　　"啊……哦哦。"

　　安室听话地放开了手。

　　"她……她叫里中真白，癌症晚期，将不久于人世。"

　　"是这样啊。"

　　"不过，她好像害怕一个人死，就拜托我帮忙找个人一起死。"

　　"什么？然后……这个人还真的陪她死了。"

　　堤指着七海说。

　　"不，我想直到最后，她都不知道。一定是毒，是这里的哪种……啊，是这个……"

　　真白的手里紧紧握着什么。

　　"那是什么？"

"那叫什么螺，名字叫什么来着？据说有剧毒，被刺中就会死。用这个真的会死啊。"

"那你靠这个一起死的人能拿多少钱？"

"不是钱的问题。"

"到底多少钱？"

"我不是说了吗，不是钱的问题。"

"啊，这、这样啊。对不起，问得太过分了。"

"一千万。"

"一千万？一千万！那完全是钱的问题了！你从哪里找来的这个人？离家出走的？"

"不，这人原本也是我的委托人。最初我们认识，是她要找婚礼上的代理出席者，之后又有了几次工作委托。从她丈夫的外遇调查开始，陷入专业让人分手的圈套，被人将把柄卖给了婆婆。孤立无援的时候，我带她来了这里，所以她原本是个普通的家庭主妇。"

"可恶啊。你太过分了。我以后要是出了什么事，还请帮忙找个挣钱的机会。"

"一定。"

突然，七海动了一下。

安室和男子都大吃一惊，看着七海。七海呻吟着睁开了眼睛。难道毒太少了，没有效果吗？没能致命？安室走到能看清七海的脸的位置观察她。七海若无其事地睁开眼睛，好像什么都没发生。发现安室就在眼前，她不禁吓了一跳。

"呀？早上好。安室……你怎么在这里？"

"啊，七海。呃？你还活着？"

"你说什么？"

"不，怎么解释好呢。啊，这位是堤先生。"

堤行礼致意。七海不由得也低下了头，一时不清楚究竟是什么事态。

安室表情严肃地说：

"好。请冷静地听我说——真白，过世了。"

"……呃？"

"真白死了。"

"不。"堤打断他，"因为死亡认定还没完成。"

有了医生的死亡认定，人类的死亡才算得到承认。对于专业的殡仪馆来说，这是不能让步的一条线。

安室"啊……"了一声。"我觉得可能已经死了。"他修正道。

"呃？可是……你看……真白就在这里啊。"

"是的。不过我想已经死了。"

安室点开自己的手机，递给七海看。

"昨天晚上，我收到了这样的东西。"

那是真白发去的短信，上面写着"今晚会死去，请多关照"。

"我有点担心，就过来看看。就这样。"

堤上前一步，再次低下头。

"重新介绍一下。我姓堤，经营殡仪馆。"

"呃？"

七海坐起身，伸手要摸真白，被堤制止了。

"啊，最好别碰。我想在警察来之前，最好什么都别碰。安室，差不多该联系警察了吧。"

殡仪馆的规矩是不擅自行动，不干涉，无论如何，都要听从委托人和相关人士的指示行动，所以说话有点拐弯抹角。

"啊，是啊。"安室回答。

"有需要的话您就说。我会帮您做好的。"

"那，就拜托您了。"

"明白了。"

指示发出之后，堤就像是经过严格训练的狗一般，开始迅速行动。他联系警察，进行了完美的说明。

七海还弄不清楚眼前的状况，无法接受真白死了的现实。

"呃？假的吧？真白不就躺在那边吗？"

七海摇晃着真白，也不管什么不准触摸她的身体的要求。

"真白，快起来！真白！"

但是，那身体冷得就像冰一样。七海从来没有接触过死人的身体，但也明白这不是正常的状态。真白死了吗？这一点怎么也改变不了了？再也看不到那张笑脸了？再也听不到那喜欢的声音了？

……死了。真白死了。

终于接受了这个事实的瞬间，七海仿佛遭到一记重击，全身都被摧毁了似的。再往后的记忆几乎没有了。想必是安室和堤拼命按住了疯狂大闹的自己吧？那时候大概相当激烈地抵抗了，因为七海的手腕、脚腕和腋下留下的几处瘀痕，过了一个月都没消退。

之后，七海被带到警察局，进行了各种讯问和笔录。真白的手中握着的就是那种叫芋螺的螺。芋螺毒素是一种神经毒素，被刺中的瞬间感觉不到疼，但不一会儿会感受到剧痛，出现头晕、呕吐、发烧等症状，失去视力，血压下降，最后引发全身麻痹和呼吸困难，直至死亡。没有血清和解毒剂可用。真白的血液中检验出了这种芋螺毒素，同时还检验出了吗啡。据说可能是作为镇定剂服用的。七海想起了真白嚼的白色小药丸。癌细胞扩散得相当厉害，就算活下去，或许也活不到一个月。刑警告诉七海，法医是这样说的。

葬礼在堤的安排下顺利举行。恒吉赶来了，她替憔悴得什么都做不了的七海料理了许多事情。多亏了恒吉的多方联系，灵前守夜和告别仪式上来了许多相关人士，几乎都是 AV 界的人。恒吉也不知道真白有什么亲属。

七海和真白第一次见面时的那些假扮的家人也来了。橘川健次郎、胜代和裕介他们来吊唁时，堤错把他们当成了真正的家人，让他们坐在最前排的遗属席上。上香期间，来吊唁的客人都向三人深深低头鞠躬，他们也不能不还礼。不知不觉习惯了，他们竟然承担起遗属的工作，演技自然得和真正的家人毫无分别。

安室为找真白真正的家人四处奔走，没有出现在葬礼上。

七海不是第一次参加火葬，但对她来说，真白的火葬简直是发生在另一个空间的难以忍受的仪式，甚至无法待在附近。她跑出火葬场，在走廊下的椅子上坐下，不停地擦拭源源不断的泪水。棺木送进炉里，点火，送别者去了等候室。一群身穿丧服的人从七海面前经过。

"你还好吧？"

滑和她打招呼。七海只能勉强点点头。恒吉也来了，在她身边坐下。

"别哭了。坚强点！"

七海拼命要忍住眼泪，反而呜咽起来。或许是两个人坐在那里的缘故吧，等候室里坐不下的客人，不知什么时候全围在了长椅四周，都是 AV 女演员和漂亮的女子。

其中有个人对恒吉说：

"真白说必须瞒着，所以我一直没说。其实我知道她的病。我和她演同性恋时揉她的胸口，发现了硬块。那是一年前的事情了。她说，我要是说出去，就杀了我。我想要是去治疗应该能治好。可是，真白说这样就不能工作了，她不喜欢。一做手术，身体就会留疤，吃抗癌药会掉头发。里中真白这个人只有自己才能当，所以她不想停下来。"

女子眼里含着泪。

"这个傻瓜，死了不就什么意义都没有了。"

恒吉说。另一个女子接着说：

"不过，我多多少少能理解真白的心情。我也是这么做好了心理准备，做这份工作的。"

又有一位女子点点头。

"嗯，做不了女演员，就真的什么都没有了。"

恒吉摇摇头。

"不能死哦。"

七海感觉要被她们的世界压垮了。但是，那是真白生活着的世界。不被世间承认的世界。不能有的世界。可即使这样，或许也没有不应该存在的人。即便不被世间承认，她们生存的力量中也有一种惊人的东西。真白身上就有。分明身患重病，为什么还能那样精神十足、充满活力呢？自己能这样活着吗？不过，真希望真白继续活下去，就算多活一天也好。这也许是不知疾病之苦的自己任性的想法？

这种事情不可能马上就有答案。今后，自己一定要找出这个答案来。

回过神来，眼泪已经止住了。

火葬结束，送别者一起捡骨。七海和健次郎先拿起筷子，将真白的骨头放进骨灰盒，然后把筷子递给下一位。大家捡拾一圈后，最后由火葬场的工作人员帮忙收集剩下的骨头，放入骨灰盒中。

离开火葬场往外走时，堤向大家致意。

"今天的葬礼到此结束。各位丧主，还有什么要说的吗？"

堤的视线转向健次郎。健次郎犹犹豫豫，开始了不情愿的演讲：

"嗯，今天承蒙各位百忙之中，来参加小女里中真白的告别仪式，在此致以真诚的感谢。我是今天担任了父亲一职的橘川健次郎，本名叫牛肠和明，牛肠就写作牛的肠子。牛的肠子非常的长，听说有的能长到五十米。可以说这是非常吉利、非常喜庆的名字。就算提到吉利也没办法，因为本名好啊。嗯，那个，我和她只是一起工作过一次的缘分，由于这个原因，就让我来演讲。其实从刚才开始，我就一直在出汗。"

送别者都以为他是真正的父亲，听了健次郎的话，都感到莫名其妙。恒吉不禁对身旁的七海耳语：

"这个人在说什么？"

"这位不是真正的父亲。"

"呃？是吗？什么？是继父？"

"不……该怎么说呢。"

众目睽睽下，七海无法解释更多。恒吉斜着头看着那位谜一样的父亲。父亲不停地擦着汗，拼命说着：

"我不是她父亲，她也不是我的孩子。关于女儿的事情，我理所当然什么都不清楚。我只是个什么都不知道的父亲，不过看着女儿的遗像，还是感到很伤心，胸口有什么东西往上涌……对不起。稍等一会儿，呜——对不起。"

假父亲的泪水堵住了话语。

七海带着骨灰回到了箱根的公馆，收拾了一下真白的私人房间，设了个简单的祭坛，把骨灰安置在那里。真白穿婚纱拍的照片作为遗像一起摆在那里。

过了一些日子，安室来上香。他点上香，面向遗像双手合十，久久地默默祷告，不知道对真白说了些什么。终于，他转向七海。

"找到她的母亲了。在川崎。"

"很近啊。那么，骨灰也送去那边？"

"说是不要骨灰。"

"不要……"

"说随便扔到哪儿的河里去。"

"河……怎么会。"

"听她这么说……倒想去恒河撒骨灰了。"

不要女儿骨灰的母亲，究竟是怎样的母亲？

仔细想想，自己对真白的人生几乎一无所知。以这种形式结束人生的真白，想必也有普普通通的儿童时代吧。七海想到了这些。

安室说："今天要去见她母亲，据说要接收她剩下的财产。唉，扣除掉各种各样的杂费，剩下的也就三百万日元左右了。出乎意料，没剩多少。也许真白是打算把钱花完吧。怎么样？一起去吗？"

七海略微想了一下，然后回答。

"去，要把骨灰送过去，我不会扔进河里。"

第二十一章 母亲

　　川崎市内的韩国城也称作"大滨地区"。有个家族是大正时代从朝鲜半岛移居到这里的，其中有位女性后裔叫吴相宇，日本名字叫作大谷初代。她是一位灵验的大仙，在当地小有名气。平日里经营一家小酒馆，来拜神的人们频频进出店里，其中有职业棒球选手、艺人、横纲、大关级别的关取①等。她一生没有嫁人，不过二十二岁时生了一个私生女，取名珠代。珠代结过一次婚，遭到吴相宇的强烈反对，预言她绝对不会幸福。这个预言说中了，数年后女儿离婚，搬回娘家。那时候，跟着一起回来的就是独生女大谷真白。她后来当上了演员，改了个艺名叫里中真白，也遭到了吴相宇的反对。但外孙女不听她的忠告。吴相宇没能看到外孙女经历的成功和挫折，十二年前于八十六岁高龄时故去了。

　　里中真白成了一家小剧团的研修生，一边打工一边继续站在舞

---

①相扑从上至下分为幕内、十两、幕下、三段目、序二段、序口六个等级。以力士统称所有等级。关取指十两和幕内的力士。横纲和大关都是属于幕内的等级称号。

台上。后来，她敲开了专门制作成人电影的制片厂的大门，开始出道。作为使用身体的表演者，成人电影是一个难以忽视的类别。想成为自由来往于成人电影和戏剧世界的女演员，她接受录像杂志采访时曾这么说过。但是，她的奢望不是那么简单就能达成的。真白当初出道时，挂着"真正的现役舞台剧女演员"的头衔大肆宣传，但并没有大获成功，瞬间降为无名女优，也就是所谓的企划女优。之后几乎每天都去拍摄现场。尽管没有走红，可当初作为单体女优出道时，一部片子的报酬是八十万日元，降到企划女优以后，一部片子也就十万上下，有时还有更便宜的工作。然而，真白是幸福的，站在摄影机前就无比幸福。在镜头前表演是女演员的工作。无论要裸体也好，要表演性行为也好，作为一个女演员，作为让灵魂和肉体跃动起来的表演者，和那些在舞台上不受欢迎，久久等待着出场机会，终于可以说上一两句台词，就和大家互道辛苦离开的时日比较起来，当然会有满满的满足感和充实感。

有一天，真白在拍摄现场遇到了极受欢迎的单体女优恒吉讶子。真白演她的同性恋人。两个人不可思议地意气相投，一起购物，一起唱卡拉OK。在交往过程中，真白发现恒吉讶子是同性恋。对真白来说，恒吉讶子渐渐地成了特别的存在，不知不觉中已经超越了男女的概念。为了填补彼此的孤独，两个人相爱了，开始了同居生活。但是幸福的生活没有持续多久。再怎么相爱，孤独还是无法消失，心理出了问题的恒吉有一天从两人居住的六层公寓跳了下去。幸好有自行车棚缓冲了一下，奇迹般得救了。但这件事摧毁了真白。她无法忍受不能为恒吉做点什么，看不到自己存在的意义。两个人就此分手，数年间不通音信。

两年前，恒吉时隔许久再次联系真白。恒吉在一家大型 AV 制片厂担任经纪人。她将真白从便宜的制片厂中拉了过来。之后两人和好了，成了支持着彼此活下去的关系。恒吉形容为"盘根错节地连在一起"。"当年只有微弱的电波相连，所以不管怎么接近，还是觉得遥远。不过现在盘根错节地连在一起，比之前关系好多了。"仿佛在印证这句话，恒吉成了最理解真白的人。这种关系对她们俩来说是很重要的，也是幸福的。但是，彼此不再是对方独一无二的那个人，这也是事实。能填埋曾被击垮的真白心底空洞的人，并不是恒吉讶子。

"也不是我。"七海叹了一口气。

"是吗？"安室反驳道，"我倒觉得是因为七海填补了真白心底的空洞，所以她才想明白了去死的。唉，不清楚。最后的事只有她本人知道。不过，你觉得怎么样？在认为人生最幸福的那天死去，应该是最棒的吧？"

"不明白。"

安室的小型客车在大师下了首都高速横羽线，在产业道路上行驶了一会儿，从樱本一丁目的路口右拐。七海抱着真白的骨灰坐在副驾驶座上，突然看向窗外。真白的故乡大滨地区还保留着昭和时代的余韵，街道充满让人怀念的氛围。

终于，导航提示"到达目的地附近"。安室停下车。

"突然想起一件事。说不定真白的财产，七海你也有权得到一部分呢？"

"什么？"

"要知道，你们俩都结婚了。"

"那只是个游戏。"

"虽说是游戏，可是你们举行了结婚典礼，还留下了照片做证据，这样还能提交结婚申请书。全部财产可能争取不到，不过争一争，我觉得还是能拿到一点的。我来办这件事，手续费只要两成，你看怎么样？"

"这就不必了。我不要。"

"呃？这样吗……也没什么……不必现在马上决定。你最好再考虑考虑。"

"不会要的。我什么都不要。"

"哦……可惜了。唉，不过……不必现在马上决定。"

七海没有退让，安室也没有同意，两个人就这样下了车。

据说从外祖母那代一直传承下来的小酒馆还在营业。听安室说，到了晚上，老主顾经常上门来，热闹得不得了。但白天静悄悄的，让人难以相信。招牌被阳光晒褪色了，连店名都看不清。好不容易读出"樱酒馆"几个字。

店门上挂着锁，他们转到后门。安室招呼了一声，过了一会儿，出来一位五十多岁的女子。

"啊，前几天谢谢您了。"

"啊，请进。"

女子把他们俩请进里面。据说晚上很热闹，可是被客人围在中间、让人们喜笑颜开的就是这个女人？一时间让人难以相信。她身上反而流露出一种常年和社会断绝交流的独居老人的气息。

这是真白的母亲珠代。

家中有些昏暗，外祖母和先祖的照片挂在墙上。

"妈妈，这是您女儿。可以搁在这里吗？"

安室询问如何安置七海抱着的骨灰。

"什么呀。不是说不要了吗？"

"您别这么说。如果真的不要，我们再带回去。还请您点一支香吧。"

"喝点什么？"

"啊，不，您别客气。"

珠代完全无视骨灰的事情，下楼去了店里。

"暂时先搁在这里。咱们随便找个地方吧。"

"随便……"

安室从七海手中接过骨灰，搁在佛坛前，招呼珠代。

"妈妈，借支线香！"

他取过佛坛前放着的线香，用打火机点了一支，插在香炉里，跪坐好双手合十。七海从挎包中取出遗像，放在骨灰的边上，在安室身边跪坐下，一起合掌。这时，珠代回来了。

"你们随随便便在干什么？"

"啊哈哈，请让我们随便弄一下。"

珠代在矮饭桌上放了个托盘，随手在地板上搁了瓶一升装的酒。托盘上是光秃秃的三个玻璃杯。

"烧酒可以吗？"

"呃？不，我开车来的。"

"我帮你叫代驾，喝吧，去去晦气。"

珠代往三个杯子里满满地倒上烧酒，自己拿起一杯，汩汩地一口气喝干了。

"啊哈，妈妈，您喝酒的气势真厉害。不过，在喝醉前，我可以先说几句吗？"

安室慌忙开始工作，取出信封和明细、发票、红色印泥等等，放在矮饭桌上开始解释。

"这些是您女儿剩下来的钱。还请您确认。"

信封里是成打的一万日元纸币。

珠代从架子上取下老花镜和印章，重新坐下，开始检查明细。

"这是什么？什么调查费一百万？"

"啊，这是为了找到妈妈您，到处调查来着，是这个费用，含在必要经费里。"

"嗯……印章盖在这里就可以？"

"谢谢您。然后，请问墓地怎么办？"

"墓地……"

"如果是交给我们来办，那我们会处理。"

"我已经抛弃这个女儿，就拜托你们了。"

"那么，这部分费用就先扣除。对，请在这里盖印。"

安室换了张预先准备好的含埋葬费在内的明细。珠代在上面盖了章，取下老花镜，视线转向骨灰盒。骨灰盒边上是七海放上去的遗像。

"我都不记得她原来是这副模样了。原本是单眼皮、芝麻点大的眼睛。这是谁啊，我都不认识了。"

珠代喝干了第二杯酒。

"妈妈，你酒量真厉害。"

"算不上厉害。一会儿就会睡着的，你们到时候不用管我，自己回去。来，你们也来喝。别客气。"

安室和七海不由得面面相觑。安室苦笑着比画说，我是司机。但他示意七海，别客气，喝吧。没办法，七海也拿起玻璃杯，敷衍地抿了一口，放回矮饭桌。

"你是真白的朋友？"

珠代问七海。

"是的。"

"你也是做同样的工作？"

"……啊？"

"是色情片女演员？"

"不，我是……"

"那不是什么正经人做的工作。因为那孩子一个人的错，给周围的人惹了多少麻烦。在人前光着身体挣钱，能过多奢侈的生活啊。也不见给我寄点生活补贴来。虽说是我女儿，但一点都不清楚她究竟想干什么。十年前就不知去向了。后来一个老主顾嚷嚷着不得了，拿来一本杂志，说真白当了色情片女演员……"

珠代气得话都说不下去了，又灌了杯烧酒，吐出一口苦涩的叹息。

"拜托熟人帮忙把她堵在住的地方，打了她一顿，几乎都打骨折了，一遍遍地扇她巴掌……"

好像当时的记忆复苏了，珠代的脸气歪了，嘴角也在颤抖。

"狠狠揍她，让她不能再去拍奇怪的录像带。但什么都没说。那家伙没说，我也没说，只是揍，休息了一会儿就回来了。那次以后再没见过面。"

说着，她又仰头喝了一杯。大概是有点热了吧，她脱去披着的薄毛开衫，接着又一口气喝干一杯烧酒，摇摇晃晃站起来，然后伸手从松松垮垮的连衣裙下面脱下内裤。

"您要做什么？要上洗手间吗？"

没等安室说完，她连裙子都脱了，赤裸着全身，噌地在座垫上坐下，盯着愣愣发呆的七海和安室。

"还是不能理解啊。在人前这个样子，只会觉得害臊啊……"

还以为她在笑眯眯地说话，却看见她浑身发抖，突如其来地痛哭起来。

七海愣住了，瞥了一眼安室。安室的视线紧紧盯着珠代。七海再次看向珠代。

赤裸着身体痛哭的老母亲的确很难看，不过也很神圣。

啪的一声，七海吓了一跳，转身看去。安室双手捂住脸，手掌间隐约传出奇怪的呻吟。他突然低下头伏在榻榻米上。

"啊……啊……啊……啊啊啊啊！"

安室号啕大哭起来。

这让七海吓了一跳，也吓着了珠代，不知道究竟是什么触动了他哪根弦。

"安室，你怎么了？为什么哭了？"

"噢噢噢……对不起……那个……对不起……哦哦哦哦！不行了！哇哇哇……啊啊啊。"

安室拼命想恢复常态，但涌上来的呜咽怎么也止不住。看到这一幕，珠代也哭了起来，仿佛堤坝再次决堤。七海也不由自主地哭了出来。

"我喝了！"

七海举起那杯烧酒向珠代示意，也向身边抽噎着的安室示意，然后咕嘟喝了一口。

"啊，好喝！"

接着，她转身向着佛坛方向，举杯向真白的骨灰盒和遗像示意，行了一礼后，一口气全部喝干了。

"嗞……啊……呜！"

刺激太强烈了。嗓子好像在燃烧，她从鼻腔中喷出粗气，缓缓地反复了几次。看着真白的遗像，各种各样的心绪不知不觉涌了上来。有哀伤，有开心，想大笑，也想哭泣，那是用言语无法表达的感情。

"妈妈，再来一杯！喝吧，大家一起喝吧！"

珠代点点头，在七海递过去的酒杯里倒上烧酒。

"喝吧喝吧！"

说着，安室一口气喝干了自己的烧酒，从腹中哇地嗝出一口气，突然站了起来，开始脱衣服。他脱了夹克，解了领带，脱掉衬衫，解了皮带，又脱了裤子，连内裤也脱了。

"啊，害羞啊！超级害羞！"

他光着身子在矮饭桌前盘腿坐下，举杯向珠代要求再来一杯。珠代倒了一杯，他又一口气喝干。

"哇！爽死了！好喝！可恶！七海你也脱了！"

"那个……不行啊。"

七海缩了缩肩膀。

珠代抖着肩膀咻咻地低声笑了出来，引得七海也咻咻地笑。安室看到后，像小孩子似的，哭得更伤心了。

第二十二章　新娘

公馆那边，安室召集年轻员工，几乎花了一天收拾完毕。家具退给二手家具店。衣服和首饰在网上进行拍卖，剩下的据说给了一个福利团体的熟人。阿尔法·罗密欧好像也高价卖了出去。

总额有多少，卖得的钱究竟去了哪里，七海并没有问安室。安室劝她，新生活也得需要一些家具，但七海拒绝了。从真白那边已经得到的太多了。拿得太多了。

这次才是一个人。自己一个人活下去。

七海离开箱根后，回到了蒲田的酒店。经理和员工们打心底欢迎这个搬回娘家的女儿。七海在酒店附近租了一间公寓，房租四万日元的一居室。她决定以这里为出发点做点什么，自力更生地生活下去。

两个大行李箱和大大的挎包搬进了新居。整理行李时，电话响了。是派遣公司负责人江本打来的电话，说是有个教师的工作。七海早已死心，还以为自己已经被除名了，听到时吓了一跳。

"东京市内的女子中学，一周四节课，下周开始可以吗？"

"啊，这样啊。"

七海有点犹豫。

"嗯？怎么了？"

"那个，我现在还有份兼职工作。"

"不行是吧？"

"请让我去商量一下。"

"啊，哦。"

"请问是星期几的第几节课？"

"嗯，星期二的第二节，星期三的第三节……"

"啊，请等一下，我去拿笔。请继续。"

"好？现在可以了吗？"

"是的，请继续。"

"好。星期二的第二节，星期三的第三节和第五节，然后是星期五的第二节。"

七海犹豫了。教师的工作和酒店的兼职都是白天的活儿。

如果可以的话，两份都想干。现在什么都想做，感觉自己只要努力，什么都能达成。

课程是星期二、星期三和星期五，这样的话，酒店的活儿就是星期一、星期四和星期六。能增加星期日的工作吗？如果是前台的工作，从傍晚开始的时段说不定还有空缺。

"怎么样？"

"嗯，我会和兼职那边联系的。"

七海对江本说会马上回复，就挂了电话，然后给经理打电话说了情况。几次低头请求后，终于让他答应避开上课的日子，改为增加星期日和傍晚的工作。

　　"刚回来就提出这种要求，实在对不起。"

　　"不用道歉。这份恩情，你看什么时候怎么还吧。"

　　"唉，无论怎样，真的太谢谢您了！"

　　挂上电话，七海马上给江本回电话。

　　"没问题了。"

　　江本似乎觉得不可思议，问道：

　　"你真的是皆川吗？怎么说呢，声音充满活力，一时间还以为是别人。"

　　听他这么一说，七海也有点意外。大概自己多少也成长了一些吧。的确，这一年里发生了许许多多的事情，太多了。

　　学会异想天开之后，说不定稍微坚强了一些。

　　那一晚有冈本花音的课，搬来这个房间之后的第一节课。房间的变化同样没逃过花音的眼睛。

　　"老师，房间又不一样了。"

　　"嗯，我搬家了，现在一个人生活。"

　　"我想去东京看看。"

　　"怎么了？"

　　"因为没去过。"

　　"来了以后住在我家？我带你逛东京。"

　　"东京是一个怎样的地方？"

"怎样的地方……嗯，究竟是怎样的呢……"

这里是怎样的地方呢？七海突然想。

"有各种各样的人，是一个异想天开的地方。"

"哇。"

第二天，安室联系七海，说是要来祝贺七海搬家。不一会儿，安室开着轻型小卡车来了，货车上的家具堆积如山。

"这是要干什么？"

"好多地方不要的东西，我看着装了一些。"

"呃？可是这么多，用不上啊。"

"当然。你从里面挑挑喜欢的。"

"啊，是这么回事。"

"当然了。"

"真不好意思。"

"用不着这么客气。原本也不是我的东西，没人要就扔了。"

仔细一看，每一件家具上面还贴有区的标签。

"这些是大件垃圾？"

"也可以这么说。一般称作家具。"

"然后就扔了？好浪费啊。"

"没办法，因为没地儿搁啊。"

"呃？怎么办。好可怜。好像反而更难选了。那么，就要这个吧。"

七海暂且拿了把小椅子。

"别客气。再多拿几件吧。"

"是吗。这张桌子也可以吗？"

"当然。这个怎么样？可以用来干点什么，虽然不太清楚。"

安室帮忙把七海选的家具搬进屋子。

"然后还有这个。"

安室把一个白信封递给七海。

"直接给现金，不好意思了。这是最后的酬金。女仆的。"

"啊，可是……"

"请你收下这一份，这是你自己劳动挣来的。"

"不好意思。那么，我收下了。"

七海恭恭敬敬地伸出双手，接过安室递来的信封。

"可以数一下吗？一会儿请在发票上签个字。"

"好。"

七海打开信封，数了数纸币。安室走到开着窗的阳台上。河堤的对岸是条宽阔的河流。那是多摩川。

"房间真不错，景色也好。"

"是的，是这样的。"

七海在发票上签了字。"皆川七海"。安室把发票折了四折，塞进口袋里。

早春的风从窗外吹进来。马上就到四月了。七海即将二十四岁。

"那么，有什么事就请联系我。"

"好。"

七海目送着安室出了门。

"谢谢您帮了许多忙。"

七海深深低下头，主动伸手要握安室的手。安室有点害羞地握了一下。七海一直挥着手，直到卡车消失在远方。

回到房间里，七海一件又一件地抚摸刚刚收到的家具。彩色收纳柜两个，带脚的橱柜、书架，新生活中的伙伴又增加了。这是来自陌生人的馈赠。桌子前有两把椅子。七海在一把椅子上坐下试了试。

另一把椅子……应该是真白的位置。

七海吓了一跳。莫非……

她拿出手机，打开 Planet 的页面。那里还留着最后的短讯吗？有这种预感，为什么没早一点想到呢？那明明是很有可能的事情啊。她相信会有奇迹，开始寻找真白的账号。

但是，很遗憾，那里没有留下真白的短讯。甚至连真白访问过的痕迹都没有。只有两条七海发给真白的短讯。

"那个时候的……"

两个人第一次见面的那个夜晚，七海在涩谷街头跟丢了真白后，给真白发送的两条短讯还留在上面。真白没有看到。

但是，七海觉得这件事很了不起。两个人生活在一起，相互间却没有使用网络联系过一次。在现在这种时代，简直算是奇迹般的日子了。的确，那是像梦一样的奇迹般的日子。

七海无意识地抚摸着左手无名指的根部。那儿留着真白给的看不见的戒指，就像是真的一样，仿佛现在还在那里一般，套在七海的无名指上。

暂且就当个爱哭鬼吧。

七海的视线再一次落在那两条短讯上，眼泪划过脸颊。

 @ 康培内拉

 真白，你在哪里？

 @ 康培内拉

 谢谢你。晚安。瑞普·凡·温克尔。

图书在版编目（Ｃ Ｉ Ｐ）数据

　　梦的花嫁 ／（日）岩井俊二著；张苓译． —— 海口：
南海出版公司，2018.4
　　ISBN 978-7-5442-9192-7

　　Ⅰ．①梦… Ⅱ．①岩… ②张… Ⅲ．①长篇小说-日
本-现代 Ⅳ．①I313.45

中国版本图书馆CIP数据核字(2018)第014559号

著作权合同登记号　图字：30-2017-118
RIPVANWINKLE NO HANAYOME
Copyright © 2015 by Shunji IWAI
First published in Japan in 2015 by Bungeishunju Ltd.
Simplified Chinese translation rights arranged with Rockwell Eyes Inc.
through Japan Foreign-Rights Centre/ Bardon-Chinese Media Agency

梦的花嫁
〔日〕岩井俊二 著
张苓 译

出　　版　南海出版公司　（0898）66568511
　　　　　海口市海秀中路51号星华大厦五楼　邮编 570206
发　　行　新经典发行有限公司
　　　　　电话 (010)68423599　邮箱 editor@readinglife.com
经　　销　新华书店

责任编辑　翟明明
特邀编辑　陈文娟
装帧设计　韩　笑
内文制作　田晓波

印　　刷　北京汇林印务有限公司
开　　本　880毫米×1230毫米　1/32
印　　张　8.25
字　　数　163千
版　　次　2018年4月第1版
印　　次　2018年4月第1次印刷
书　　号　ISBN 978-7-5442-9192-7
定　　价　49.00元